稻草人和他的仆人

［英］菲利普·普曼 著
［英］彼得·贝利 绘
徐朴 译

北京出版集团
北京少年儿童出版社

版权合同登记号
图字：01-2011-6799

稻草人和他的仆人
Copyright © 2004 by Philip Pullman
© 2024中文版专有权属北京少年儿童出版社有限公司，未经出版人书面许可，不得翻印或以任何形式和方法使用本书中的任何内容或图片。

图书在版编目(CIP)数据

稻草人和他的仆人／（英）菲利普·普曼著；（英）彼得·贝利绘；徐朴译. — 2版. — 北京：北京少年儿童出版社，2024.5（2024.10重印）
（摆渡船当代世界儿童文学金奖书系）
书名原文：The Scarecrow and his Servant
ISBN 978-7-5301-6463-1

Ⅰ. ①稻… Ⅱ. ①菲… ②彼… ③徐… Ⅲ. ①儿童小说—长篇小说—英国—现代 Ⅳ. ①I561.84

中国版本图书馆CIP数据核字（2022）第237360号

摆渡船当代世界儿童文学金奖书系
稻草人和他的仆人
DAOCAOREN HE TA DE PUREN

[英] 菲利普·普曼 著
[英] 彼得·贝利 绘
徐朴 译

*

北 京 出 版 集 团 出版
北 京 少 年 儿 童 出 版 社
（北京北三环中路6号）
邮政编码：100120

网　　址：www．bph．com．cn
北 京 少 年 儿 童 出 版 社 发 行
新　华　书　店　经　销
河北宝昌佳彩印刷有限公司印刷

*

880毫米×1230毫米　32开本　7.75印张　200千字
2024年5月第2版　2024年10月第2次印刷
ISBN 978-7-5301-6463-1
定价：32.00元
如有印装质量问题，由本社负责调换
质量监督电话：010－58572171

捧起厚厚的漂亮

梅子涵

你已经是一个十来岁的小孩了吗?那么你应该捧起一本厚厚的文学书了。是的,厚厚的文学书,一个长长、曲折的故事,白天连着黑夜,艰难却有歌声嘹亮。

当你捧起,坐下,打开,一页页翻动,一章章阅读,你竟然就很酷很帅,你是那么漂亮了!

因为你捧着了文学。因为你有资格安安静静读一个长长的文学故事。你走进它第一章的白天的门,踏进第二章夜晚的院子,第二十章……最后从一个光荣的胜利、温暖的团聚、微微惆怅的失去里……

走出来。亲爱的小孩，你知道这也是一种光荣吗？文学的文字给了你多么超凡脱俗的温暖亲近。你是在和情感、人格、诗意团聚呢！而这一切，对于一个没有资格阅读的小孩和大人，又是多么惆怅的缺丧，如果他们连这缺丧也感觉不到，那么就算是真正的失去了，失去了什么？失去了生命的一个重大感觉，失去了理所当然的生命渴望。

我知道，你会说："我听不懂你说的！"可是我确定，你阅读了一本本厚厚的文学书，阅读过长篇小说以后，就会渐渐懂了。因为到了那时，你生命的样子更酷更帅更漂亮了，你闪烁的眼神里满是明亮。

我真希望我是一个和你一样的小孩，我就开始捧起一本厚厚的文学书，我要读长篇小说了！

目录

第1章　闪电 /1

第2章　土匪 /12

第3章　火炉边的故事 /24

第4章　旅行剧团 /35

第5章　稻草人出租 /58

第6章　小夜曲 /73

第7章　占星家的大篷车 /86

第8章　军队的骄傲 /100

第9章　战斗 /116

第10章　漂流到孤岛 /131

第11章　邀请 /152

第12章　大会 /167

第13章　巡回审判 /183

第14章　意想不到的证人 /203

第15章　白蚁谋杀 /220

第16章　泉水谷 /233

译后记 /236

献给弗雷迪

第1章 闪电

这一天，潘朵尔福老先生心情一点也不好，他拿定主意，必须做一个稻草人了——鸟让他心烦。一提到这个，他的风湿痛就要发作。不仅如此，那些士兵也让人心烦，天气也让人心烦，他的表兄弟更是让人心烦。这些加在一起，对他来说有点太过分了，更不用说他的宠物老渡鸦也飞走了。

老潘朵尔福对他的风湿痛一点办法也没有，对士兵，对天气，对他的表兄弟也一点办法都没有。表兄弟是所有麻烦中最大的那个。他们有一大家子人——巴伐洛尼家族——他们要夺走他名下的土地，要让泉水和小溪改道，要抽干所有的井水，只是为了建一个工厂，生产除草剂、灭鼠灵和杀虫剂。

所有这些麻烦都是大问题，老人潘朵尔福无法应付。但他想至少还可以做些什么对付那些鸟。因此他扎了一个模样很不赖的稻草人。用一个又大又沉的萝卜做头，一根非常结实的扫帚柄做脊梁骨，然后给他穿上粗呢衣服，里面紧紧地塞了许多干草。最后他在稻草人的身体里塞了一封短信，为了安全起见，还包上了油布。

"就是你了，"他说，"你要记着自己的差事，记着你是属于哪儿的。要懂礼貌，要勇敢，要诚实，要善良。这样好运才能伴随着你。"

潘朵尔福老先生把稻草人插在麦田中央，然后就回家去躺下了，因为他的心情一点也不好，所以什么都不想再干了。

那天晚上，一个农夫偷走了稻草人，他太懒，不想自己做一个。第二天夜里，来了另外一个人，又把稻草人从农夫那偷走了。

稻草人就这样一点一点地离开了他"出生"的地方，也变得越来越破烂，一点也不像潘朵尔福老先生刚把他扎出来时那样漂亮了。他站在泥泞的田里，就那么待在那儿。

但有一天晚上下了一场雷阵雨，雨势很猛，雷声比炮火还响，闪电像密集的鞭子一样抽下来，把这个地区的人都吓得哇哇乱叫。稻草人却站在风雨中，完全没当一回事。

也许他本该这样永远站下去,可就像中了彩票一样,百万分之一的机会降临到了他头上。

当凌晨两点的闪电打到稻草人身上的时候,所有的分子、原子、基本粒子,还有排列得不那么精确的东西,全都被激发起来。那闪电咝咝作响,从他的萝卜头打下去直到扫帚柄,然后钻入烂泥中。

稻草人惊奇地眨了眨眼睛,打量着四周,那儿除了田里的烂泥,也没有什么好看的。再说,除了闪电,也没别的什么亮光。

还有,一只鸟都看不到。

"很好。"稻草人说。

同一个晚上,一个名叫杰克的男孩碰巧在附近谷仓的屋檐下避雨。雷声震耳欲聋,把他从梦中惊醒,他还以为是炮火声。杰克的眼睛睁得大大的,惊慌失措地坐起来。对他来说,没有什么比士兵和枪炮更糟糕的了。要不是因为那些士兵,他还有一个家，还有一张床。

杰克的心被吓得怦怦直跳，雨在屋顶上倾盆而下的声音让他明白过来，那不是炮火声，而是打雷的声音，他终于大大地松了一口气，重新躺了下来。在这寒冷的雨夜，杰克浑身发抖、喷嚏连连，在干草中翻来覆去，想让自己暖和一点，最后终于睡着了。

快到早晨的时候，暴雨停了，天空重新放晴，蓝天透亮，空气凉凉的。杰克又醒了，觉得比之前更冷，肚子也饿得要死。幸亏他知道怎样寻找食物，而且不久前还收集了一些麦粒、几根菜叶子，还有一根变软的胡萝卜。他就坐在谷仓门口的太阳地儿里吃"早餐"。

"以后没准儿连这些都吃不着了。"他自言自语道。

杰克吃得很慢，尽量拖长吃东西的时间，吃完后就坐在那儿晒太阳。很快就会有人来赶走他的，但至少这会儿还可以太太平平地坐着。

这时，有声音从麦田那头传来。杰克很好奇，站起身手搭凉棚望过去。喊声从路那边田里的什么地方传过来，反正也没事可做，杰克就站直身子，朝声音传来的方向走去。

那声音竟然是一个稻草人发出的!他正站在一块最最泥泞的田地当中,拼命挥着手臂,扯着嗓子大声叫嚷。他的身子正在向前倾,马上就要倒下来了。

"救命!"稻草人嚷道,"快来帮帮我!"

"我不会是疯了吧,"杰克自言自语着,"不过看看这个可怜的老家伙,说什么也得帮帮他。他看上去比我还疯呢!"

男孩迈步走向泥泞的田地,费了好大劲儿才挣扎到中央,稻草人正在等着他。

说实话,杰克有点紧张,因为你不可能经常遇到一个会说话的稻草人。

"告诉我,年轻人,"稻草人说,"周围有没有鸟?比如,有没有乌鸦?我看不到背后。他们是不是藏起来了?"

他的声音圆润洪亮,头是一个布满疤癞的大萝卜,一条长长的裂缝正好成了他的嘴,一个又细又长的苞芽做了鼻子。眼睛是加上去的,是两块明亮的小石子。他本来戴着一顶草帽,如今被烧得不成样子,脖子上围着一条湿透了的羊毛围巾,一身粗呢衣服上净是洞。他有两只耙子柄做的手臂,上面还戴着长手套,里边塞满了草,手套一只是皮的,一只是羊毛的。他穿着一条线脚都露出来的裤子，因为只有一条腿，所以另一条空裤管就耷拉在一边。稻草人身上的每一样东西都是泥浆的颜色。

杰克抓抓脑袋，朝四周看看。

"不，"他说，"哪儿也没有乌鸦，根本就没有鸟。"

"干得不错，"稻草人说，"现在我要走动走动了，不过我还需要一条腿，你要是能给我找一条来，我将十分感激。像这样的就行，左右要配对。"他加上一句，然后轻巧地拉起裤腿，露出一根结实的牢牢地插在泥里的棍子。

"行啊！"杰克说，"这个好办。"

说罢，他就去了田地尽头的树林，仔细搜寻林下的灌木丛，寻找合适的木棍。没有多久，他发现了一根，带回到稻草人那儿。

"让我看看，"稻草人说，"把它竖在我旁边。就是它了，现在把它伸到我的裤腿里。"

那根棍子的头有点裂缝，要想伸进浸透了泥浆的湿裤腿并不容易，不过杰克还是成功把它伸了进去。突然，杰克跳了起来，因为他感觉到手中的棍子被猛地扯了一下，便松了手。

那条新腿自动摆了一下,落到另一条腿的旁边。稻草人刚想挪动,新腿就像头一条腿一样插在了泥里,越是挣扎,就插得越深。

稻草人不得不停下来,瞧了瞧杰克。真是奇怪,他竟能用裂缝儿嘴巴和石头眼睛做出那么多表情来。

"年轻人,"他说,"我想提出一个建议——你呢,是一个老实听话的年轻人;我呢,是一个能做大事的天才稻草人,要是我提议你做我的贴身仆人,你觉得怎样?"

"我的职责是什么呢?"杰克问。

"陪我走遍全世界,替我拿东西,洗衣服烧饭,照顾我的生活起居。除了激动、兴奋和荣耀之外,我什么也给不了你。我们有时候可能要挨饿,但是永远不会缺少冒险。怎么样,小伙子,你说呢?"

"我干!"杰克回答,"除了挨饿,我无事可做;除了土沟和空谷仓,我也没地儿可住。还是有个差事干干比较好,谢谢您,稻草人先生。我接受!"

稻草人伸出一只手,杰克很热情地握了握。

"你的头一个差事就是把我从这片泥地里弄出来。"稻草

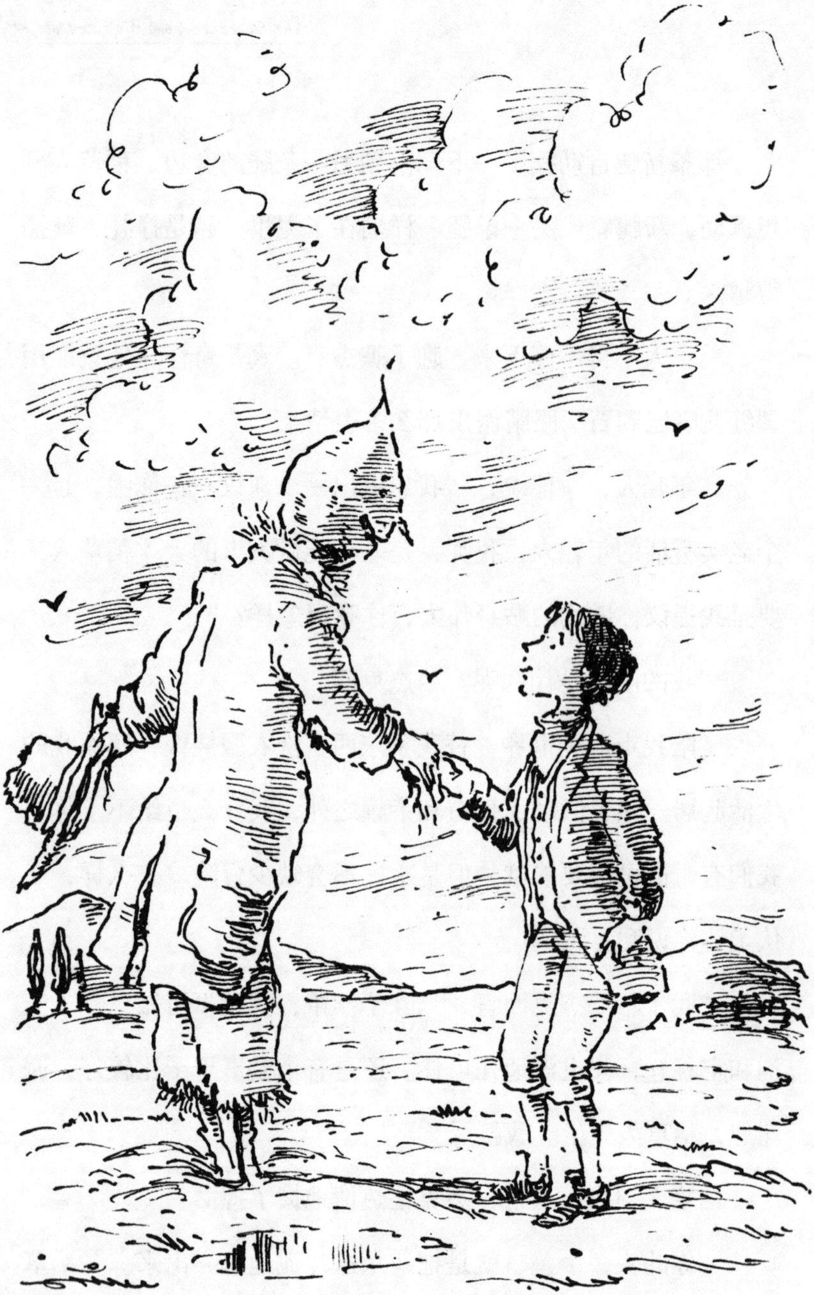

人说。

杰克二话没说就把稻草人的两条腿从泥地里拔出来,搬到了路上。稻草人几乎没有一点分量。

"我们该走哪条路呢?"杰克问。

"那条!"稻草人指着山陵说。

他们就这样出发了,太阳在他们的背后,绿色的山陵在他们的前方。

就在这时,主仆后面不远处的一个农舍里,一个律师正在向一个农夫解释着什么。

"我的名字叫赛考雷里,我是专门为雇主找东西的,我的雇主就是赫赫有名的、非常受人尊敬的巴伐洛尼公司,在贝拉·芳达纳地区。"

农夫倒吸一口气,他是一个壮实的、脸色红红的、性格懒散的家伙,他有点怕那个瘦瘦的、油腔滑调的、穿一身黑衣的律师。

"哦,巴伐洛尼公司!是的,的确很有名,赛考雷里先生。"他说,"我有什么能为您效劳的?您吩咐就是。"

"一桩小事。"律师说,"可对我的委托人来说,是一件牵扯感情的大事,跟一个稻草人有关。公司主席的一个远房表兄做了这个稻草人,但他从原来的地方消失了。我的委托人基奥伐尼·巴伐洛尼是个非常热心肠非常顾家的人,他希望这个稻草人能回到原来的家里,以此纪念亲爱的表兄。"

律师查阅了几份文件,而农夫的手指一直在领子里边东摸西摸,还咽了一口唾沫。

"嗯,我,嗯……"农夫有气无力地说。

"有人甚至认为那稻草人有移动的能力!"赛考雷里先生说着,狡黠地笑了笑,"这东西一直在游荡。我已经跟踪了他好几个农场,现在发现他到了你这儿。"

"我……嗯……我想我知道您说的那个稻草人,"农夫说,"我顺手……从另一个人那里偷……啊不,买下了他,那人不再需要他了。"

"哦,那好,我们能不能去确认一下,看看是不是我正在找的那个?"

"当然可以。巴伐洛尼家族都是一些大人物,我愿意为他们做任何事情。我可不想让他们心烦……但是……好吧,他又跑了。"

"跑啦……又跑了?"律师眯起了眼睛说。

"是的。我今天早晨出去,去……嗯……想去把他打扫打扫,可他却不见了。您还记得吗,昨天晚上下了一场大暴雨。他可能被风吹走了。"

"哦,天哪,这可真是不幸。巴伐洛尼先生对于人们根本不花心思照看他的财产本来就很灰心。我敢说,现在他绝对失望透顶了。"

农夫惊恐得发起抖来。

"我要是听到什么关于稻草人的消息,一定马上向您报告,一点点也不会漏掉。"

"算你聪明,"赛考雷里先生说,"给你一张我的名片。现在带我去看看稻草人消失的那块地。"

第 2 章 土匪

稻草人和他的仆人迈着轻松的步子一路走下去。路上他们经过一块菜地,菜地中央也站着一个稻草人,不过他一副丧气的样子,双臂无力地垂着。

"你好啊,先生!"稻草人跟他打招呼。

田里的那个稻草人对他不理不睬。

"你瞧,"稻草人向杰克解释道,"那边的那个人,心思全在干活上。他十分专注,很敬业。"

"卷心菜很好看。"杰克说。

他很不情愿地离开了那些菜,追赶稻草人,那家伙正像个战士似的大步流星向前走。很快,他们发现路越来越陡,田里的石子越来越多,最后根本没有农田了,大路只剩下一条小道。天气酷热难当。

"除非我们赶快找到点吃的喝的,"杰克说,"否则我就要翘辫子了。"

"啊,我们会找到的。"稻草人说着,拍了拍他的肩膀,"我对你充满了信心。再说,我们来自一个尽是泉水、溪水和井水的地方,还有喷泉呢!我们什么不懂啊!你尽管相信我,要不了多久,我们就会找到一眼泉水的。"

他们一路走去,稻草人兴致勃勃地指出一些很奇怪的地貌,比如某块岩石看上去像是一只鸽子。他还讲了很多动植物的特点,比如知更鸟会在什么样的树丛里边筑巢,有一种甲虫黑得像乌鸦一样……

"关于鸟类,您懂得真多,主人。"杰克说。

"我一生都在研究他们,我的孩子。我相信我能吓唬住任何鸟,除了死鸟。"

"我敢打赌,您一定能行。哦!听!那是什么?"

那是谁在哭的声音,从转角处传来。稻草人和杰克加快脚步走上前去,发现有一个老太太坐在路边,她那一篮子吃的撒得满地都是,她正扯着嗓子又哭又号。

"太太！"稻草人边说边很有礼貌地举起草帽，"什么样的坏鸟竟对您做出这种事来？"

那老太太抬头一看，吓得倒抽一大口凉气，嘴巴张张合合好几次，发不出半点声音。她挣扎了老半天，才站起身来，紧张不安地行了个礼。

"是土匪！"她说，"请您原谅，老爷。这里有一伙土匪，就住在山里，专门抢过路的旅客，让我们穷人的生活更加悲惨。他们刚才骑马奔过，把我撞倒在地，哈哈大笑着扬长而去，这些胆小的无赖。"

稻草人完全迷惑了。

"您意思是说，人类也干这种事？"他问道。

"是的，千真万确，尊敬的先生。"老太太说。

"杰克，我的孩子，你告诉我，是不是这样？"

杰克正在捡那些东西，一样样放进篮子里，许多苹果，许多胡萝卜，一大块奶酪，一大块面包。捡这些东西的时候，很难不流口水。

"恐怕是这样，主人。"杰克说，"这一带有很多坏人。要不我们还是掉头走另一条路吧。"

"绝对不行！"稻草人很严厉地回答，"我们要教训教训这些无赖。看他们还敢不敢如此不要脸地对待一位老太太！来，太太，拉住我的胳膊。"

　　稻草人那么彬彬有礼，举止又十分优雅，老太太很快就忘了他那张布满疤癞的萝卜脸和粗粗糙糙的木头胳膊。她跟稻草人说话时的样子好像他是一位正经的绅士。

　　"是的，先生，自从战争打响以后，首先是军队经过这里，什么东西都拿。后来就是土匪来了，又抢又杀，想拿什么就拿什么。他们说那个土匪头子跟巴伐洛尼家族有关系，因此他们也得到了政治保护，搞得我们没法过日子了！"

"巴伐洛尼家族?我不喜欢这名字,他们是谁?"

"一个非常有势力的家族,先生。我们不敢得罪巴伐洛尼家族。"

"不用怕。"稻草人斩钉截铁地说,"我们要把那些土匪吓跑,他们再也不会找你们的麻烦了。"

"这些苹果真漂亮。"杰克满怀希望地把那只篮子递给老太太。

"噢,它们是漂亮。"她说。

"一看就知道,那面包味道也不错。"

"是的,没错。"老太太说着,把面包紧紧夹在胳膊里。

"奶酪看上去也很可爱。"

"我喜欢来片奶酪,喝一口啤酒,美美地吃下去。"

"你有啤酒吗?有吗?"杰克边说,边到处找啤酒。

"没有。"她说,"啊,我得上路了,谢谢您,先生。"她又朝稻草人行礼。稻草人举起帽子也向她鞠了一躬。

老太太走了。

杰克叹了口气,紧跟上稻草人。稻草人已经大步向山顶走去。

当他们登上山顶的时候，发现那里有一座城堡的废墟，只剩下一个塔楼和一些城墙跟城垛，其余的一切都已经坍塌，上面长满了常青藤。

"好阴森的地方。"杰克说，"要是晚上我可不敢靠近这里。"

"勇敢些，杰克！"稻草人说，"看！那儿有个泉眼。我怎么跟你说的？去喝个够吧，孩子。"

果然如此。泉水从城堡旁边的石头里冒出来，流入一个小小的池塘。杰克一看见便快活地大叫一声，马上把脸深深地浸在水里，咕咚咕咚喝水，直到再也喝不下去为止。

最后他总算又露出头来，听到稻草人在叫。

"杰克！杰克！到这儿来！快看！"

杰克从塔楼下面的门飞奔过去，发现稻草人正在一个角落里，看着各种各样的东西，有火药桶、毛瑟枪、剑、匕首、标枪；另一个角落里有一箱箱一盒盒的金币、银链，还有闪烁着各种颜色的宝石；而那第三个角落……

"食物！"杰克叫了起来。

大块大块的烟熏火腿从天花板上挂下来，像车轮一样大的

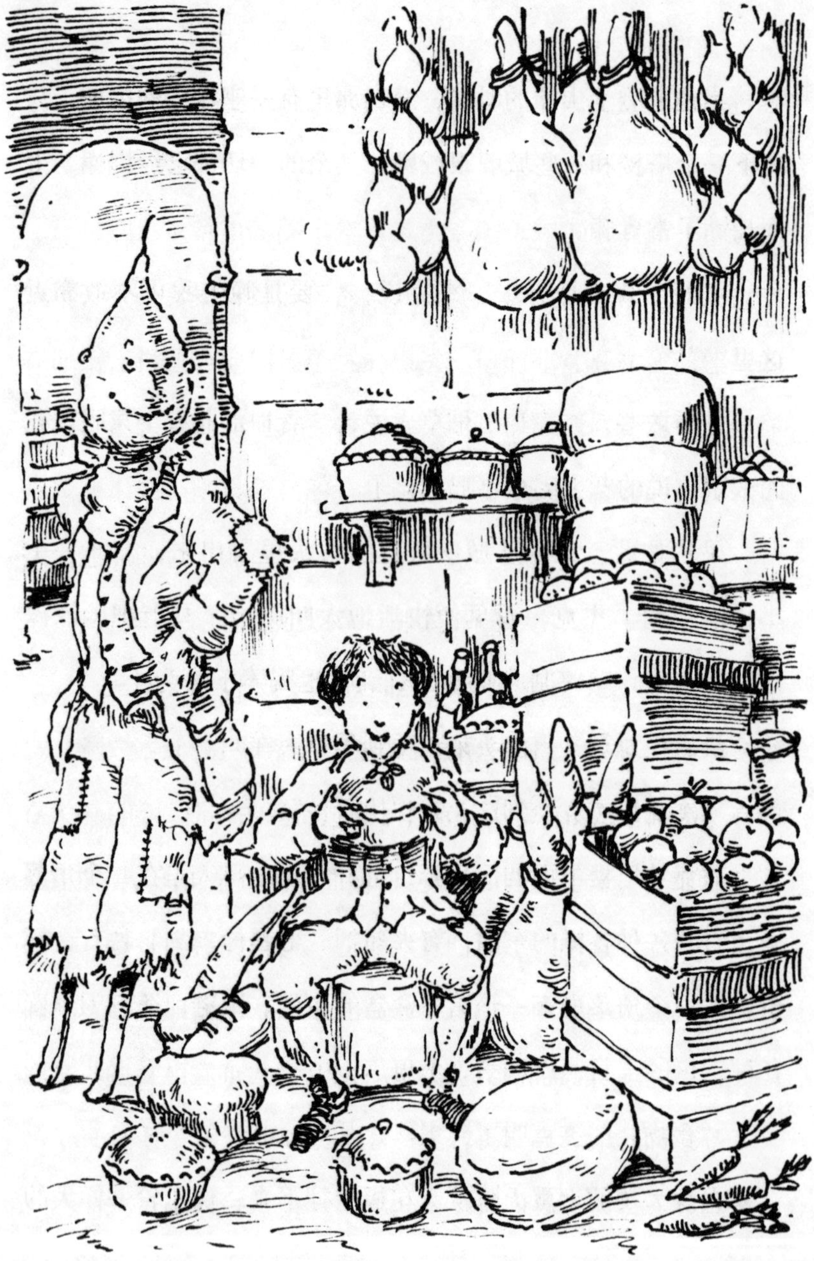

奶酪，一串串洋葱，一箱箱苹果，一盒盒各种各样的馅饼，还有面包、饼干、香草蛋糕、水果蛋糕、奶油蛋糕、蜂蜜蛋糕，看得人眼花缭乱。

这下不想吃也不行了。杰克抓起一张如他脸一般大小的馅饼，没多大一会儿，他就坐在食物中间快活地咀嚼了。稻草人站在一旁满意地看着他。

"我们的运气真是太好了，找到了这么个地方！"稻草人说，"根本就没有人知道这里，要是让那个老太太知道了，她一定会来拿个够，再也不会受穷了。"

"嗯！"杰克说着，吞下了一大口馅饼，又拿起一块香草蛋糕，"那不大可能。我打赌，所有这一切都是土匪的，我们最好快点溜掉，万一给他们抓住，准会被割断喉咙。"

"我可没有喉咙。"

"嘿，您没有我有，我可不想让人割断。"杰克说，"瞧，我们不能待在这儿，还是拿些食物快逃吧。"

"你应该感到羞耻。"稻草人板起脸说，"你的勇气到哪儿去啦？你的荣誉呢？我们来这儿是要把那些土匪吓跑的，而且要吓得他们再也不敢回来。我们该为此举获得大大的表彰才正常。没错,他们甚至可能会让我当公爵!要不,给我一块金牌。哈,我一点也不会奇怪。"

"嗯,"杰克说,"有这个可能。"

稻草人突然指着一堆干草。

"哦,你看,那是什么?"他说。

干草堆里有什么东西在动,是一个小小的活的东西,跟老鼠一样大小,有气无力地趴在地上的一堆干草里。

"是一只雏鸟。"杰克说。

"是一只小猫头鹰,错不了。"稻草人一本正经地说,"他的父母一点责任感也没有,瞧瞧,竟然把巢筑在这个地方!实在太危险了!"

他指了指一束乱糟糟的小树枝,在高高的墙缝里。

"啊,那是唯一他该待的地方。"稻草人说,"你在这儿站岗放哨,杰克,我把这只小鸟放回他的摇篮里去。"

"但是……"杰克想表示反对。

可稻草人并不理睬。他弯下腰去,捡起那只小鸟,嘴巴里轻轻发出叽叽的声音安慰他,把那只娇嫩的小家伙塞在自己的口袋里。然后,他不顾危险地开始去爬那堵光秃秃的墙。

"主人，小心！"杰克急得要死，"你要是跌下来，就会像一根木棍一样一摔两断了！"

稻草人压根没听见，因为他正全神贯注呢。杰克跳到门口四处打量。天越来越黑，但是没有土匪的踪影。他又跳回到里边，看着爬得高高的稻草人光用一只手贴在墙上，而另一只手在口袋里摸摸索索的，接着小心翼翼伸出去，把小鸟放回他的巢里。

"这下你安安静静在巢里等着，"他很严厉地说，"不要再动来动去，懂吗？你还不会飞，就不能乱动，我要是看见你的爸爸妈妈，我会跟他们说的。"

然后，他开始从墙上往下爬，那样子实在是危险极了，杰克连看都不敢看。不过，稻草人总算回到了地上，使劲儿地掸着双手。

"我还以为鸟是你的敌人呢，主人。"

"孩子们可不是敌人，杰克！任何人宁可啃掉自己的腿也不会去伤害一个小孩。老天不容！"

"啊哦。"杰克回了一句。

当稻草人在废墟里游荡、怀着极大的兴趣什么东西都要看看的时候，杰克收集了一大堆馅饼、一大块面包、五六个苹果，把它们放进他找到的皮袋中——那皮袋挂在毛瑟枪旁边的一个钩子上。然后他把东西藏在外面那根爬满破墙的常青藤里。

这时，太阳已经下山，天差不多黑了。杰克坐在石头上，在想土匪的事情。他们抓到了人，会怎么处理呢？土匪可不像稻草人，他们不是什么体面的人，可能更像那些士兵。这些土匪一定会做出什么可怕的事情来，比如把你绑起来，把你的肉一块块割掉；或者把你吊在火上，再把蜈蚣放在你的鼻子上；也可能会把你的肋骨一根根抽掉，或者在你的裤子里塞满烟火。他们什么事情都干得出来……

有人轻轻拍拍他的肩头，杰克大叫一声，跳了起来。

"我的天哪！"稻草人很赏识他的警觉，"你的反应真够大的。我只是想告诉你，土匪们正在赶过来。"

"什么？"杰克问道。他害怕得不得了。

"你瞧，你瞧，"稻草人说，"只不过是一小撮，二十来个人，我看也就这么点了，而且我已经想好计策了。"

"说来听听，快！"

"很好，就这么办。我们藏在城堡里，等他们全都进来，然后我们吓唬他们，他们就会逃跑。这个计策怎么样？"

杰克无话可说，稻草人却兴高采烈。

"来吧。"稻草人说，"我发现了一个藏身的好地方。"

杰克拿他没有办法，只得跟着他回到塔里，他无可奈何地在黑暗中四处打量。

"那个藏身的好地方在哪儿呢？"他问。

"怎么啦，就那儿呗！"稻草人说着，指了指房间的一角，就在眼皮底下。

"可是……可是……"

杰克已经听到了外面的马蹄声，他只好蹲在稻草人旁边缩成一团，两个膝盖紧紧靠在一起，好让它们不互相打架。他还用双手遮住了眼睛，以为这样别人就看不见他了，然后就在那儿等着那帮土匪进来。

第3章　火炉边的故事

那些土匪可是一群没有规矩的家伙。杰克在手指缝里看到他们悄悄进来，围坐在火炉边。土匪头子的样子凶神恶煞，两条装满子弹的皮带交叉捆在他胸前，另一条皮带围在腰上，上面挂着一把弯刀、两把手枪。他还佩带着三把匕首，一把绑在手臂上，一把插在皮带里，还有一把插在靴筒里。不光如此，即便这位土匪头子失去了所有武器，他还可以用胡子扎伤一两个人，那胡子又长又尖，上了蜡，就像针一样。

土匪头子的眼睛闪闪发光，看周围人的时候眼珠子骨碌碌乱转。杰克几乎可以肯定，那眼中会迸溅出火花来。

他们随时都会发现我们，杰克心想。没办法了，他勇敢地站起来，说："晚上好，先生们，欢迎你们到我主人的城堡来。"然后,他深深地鞠了一躬。

当杰克抬起头来的时候,只见二十把剑、二十把手枪都对着他。二十双眼睛,全都像圆圆的枪口一样瞪着他。

那土匪头子大喝一声:"是谁?"

"是一个疯孩子,首领。"一个土匪回答,"我们把他炸了还是烤了?"

"不,"土匪头子走上前来,用剑尖指着杰克的肋骨,"他身上没有肉,只有肋骨和软骨,我想,或许炖肉的时候可以做调味品。转个身,小家伙。"

杰克转过身去,又转回来。土匪头子怀疑地摇晃着脑袋。

"你说这是你主人的城堡?"他问道。

"一点也不错,还有你们全都受到欢迎。"杰克说。

"谁是你的主人?"

"稻草人老爷。"杰克指了指角落里的稻草人。他正斜倚在墙上,像是一个大萝卜、一件旧衣服、几根棍子躺在那里。

土匪头子爆发出一阵狂笑。他那帮训练有素的匪徒也全都拍起屁股撑起腰,笑得前俯后仰。

"他疯啦!"土匪头子叫嚷道,"他的脑子丢掉了!"

"确实是丢了。"杰克说,"这几个月来,我一直在找它。"

"疯孩子吃起来什么滋味?"一个匪徒说,"跟普通孩子一个样?"

"味道更香。"另一个匪徒说,"胡椒味更浓了!"

"不,"土匪头子说,"我们不吃掉他,我们要把他当宠物养,教他玩把戏。来,疯孩子,翻个跟头,翻吧。"

杰克翻了一个跟头,站了起来。

"他的动作很利落,是不是?"一个匪徒说。

"不过我敢打赌,他不会跳舞。"另一个匪徒说。

"疯孩子!"土匪头子吼道,"跳舞!"

杰克蹦蹦跳跳地像只猴子,接着像只青蛙,再接着像只山羊。

土匪们心情特别好,他们高声大笑,连连拍手。

"拿酒来！"土匪头子嚷道，"疯孩子，不要跳舞了，给我们倒酒！"

杰克找到了一大壶酒，绕着圈给一个个伸出牛角杯的匪徒倒满了酒。

"为抢劫干杯！"土匪头子说。

"为抢劫干杯！"匪徒们齐声叫嚷，一口气喝了下去，杰克不得不又绕着圈替他们斟满。

这时有几个匪徒生起了火，并且割了一大块肉。杰克很不自在地打量着那块肉，不过它看上去没有什么不对头，确实是块牛肉。烤起来的时候，味道也很香。

牛肉在火上烤的时候，土匪头子开始数他们抢来的珠宝和金币，把它们分成了二十堆，一个大堆和十九个小堆。他一边做这件事，一边说："疯孩子，给我们讲一个故事。"

啊，这可难住了杰克。然而，要是他不讲的话，麻烦就大了，因此他就坐下来，讲起来。

"从前，有一帮住在山洞里的土匪，他们既残忍又冷酷——哦，你可想象不出那是一帮多么可怕的家伙。他们个个都是毫不手软的杀手。

"随便举个例子吧。有一天,他们中间有些人吵了起来,在大家还没有弄清发生了什么事的时候,就有一个人躺在山洞里的地上死了。

"因此首领说:'把他弄出去埋了。他把这个地方弄脏了。'他们把这个人抬起来,搬到外面去给他挖了一个坑,把他丢进去,然后往他身上铲土。但是这个人不断地把土抛出来。

"'你们不能把我埋了!'他说着,从坑里爬了出来。

"'我们要把你埋了。'土匪们想把他推回去,可他就是不肯。一次次地把他推进坑里,他又一次次地爬上来。要知道他是死了的,身体僵硬得像门板上拔都拔不出来的钉子一样。最后他们把他弄进坑里,七个人压在他身上,然后七个人换成一堆石头,这才算了事。

"'这下他再也出不来了。'首领说。他们回到山洞,生起了火做饭。个个都吃得饱饱的,喝得醉醺醺的,然后躺下来睡觉。

"但是到了半夜,一个土匪醒来了,山洞里一片寂静,月光从洞口射进来。吵醒他的是一个声音,像是一块石头擦着另一块石头移动的声音,声音不大,是一种轻轻的吱吱嘎嘎的声音。那人躺在那儿,眼睛睁得大大的,耳朵使劲儿地听。接着,这个声音又来了。"

所有的土匪都吓得坐在那儿一动也不动。他们的眼睛睁得大大的,恐惧地盯着杰克看。

救命!杰克想,接下来我还说些什么呢?

不过,他什么话也不必说了,因为寂静中传来一个轻轻的吱吱嘎嘎的声音,像是一块石头擦着另一块石头移动的声音。

所有的土匪全都跳起来,小声地发出恐怖的声音。

"接着,"杰克说,"他看见——瞧!瞧!"

他戏剧性地指着角落里躺着的稻草人。听他这么一说,土匪们立马转过头去。只见稻草人慢慢抬起头来,布满疤癞的萝卜脸朝着他们,死死地盯着看。

所有的土匪吓得气都不敢喘,包括那个首领。

稻草人慢慢地伸出手臂,弯腿站了起来,朝他们跨出了一步。

所有的土匪没有一个不跳起来的,他们一边发出恐怖的尖叫,一边没命地逃。他们互相推搡挡住了去路,跌倒的人被别

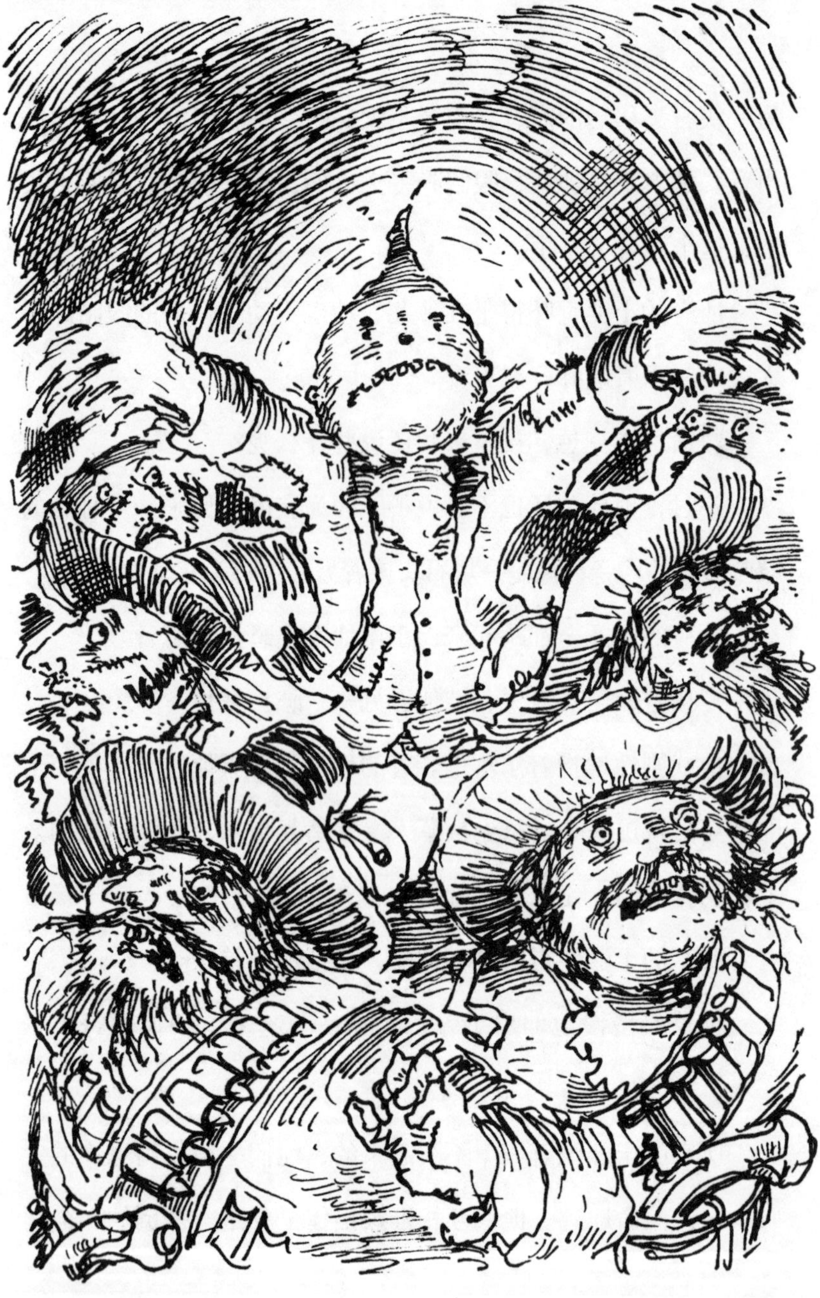

人踩在下面，踩他们的人的脚陷在人堆里也被绊倒，现在轮到他们被踩了。还有的人跌到火堆里，痛得哇哇大叫、胡乱踢腾，把燃烧的木头全都踢散在地上，弄熄灭了。这下山洞里一片漆黑，更让他们害怕到了极点，像临死一样尖声号叫。而那些隐约能看见稻草人的萝卜大脸还在朝自己靠近的人，更是拼命地爬、玩命地逃。

不到十秒钟，所有的土匪都窜到大路上狂奔而去，还不住地连连尖叫。

杰克站在门边，看着他们消失在远方，有点迷惑。

"嘿，主人。"他说，"事情果然被你说中了。"

"要注意选择时机，"稻草人说，"这就是吓人一大跳的秘密。等到他们觉得放松了，安静下来、毫无防备的时候，我就站起来，这个时机最恰当，能把他们吓得够呛。因为出其不意。当然，我认为你那个故事也帮了点忙。"他补充道，"可以使他们完全安静下来。"

"嗯。"杰克说，"但是我觉得土匪们还会回来，因为他们还没有吃饭呢，趁他们回来之前，咱们赶紧逃吧。"

"相信我。"稻草人一本正经地说，"这些强盗绝不会再回来了。你看，他们可不是鸟。对鸟，你得天天吓唬，而吓唬土匪，一次就够了。"

"好吧，上次您说对了，主人，这次您也许还是正确的。"

"这一点你不用怀疑，我的孩子。不过你不该跟土匪说我是城堡的主人，严格地说，这不是事实。实际上我是泉水谷的主人。"

"泉水谷？在什么地方？"

"好多英里以外，远着呢。但它们全都属于我。"

"真的吗？"

"每一寸土地都属于我，农场、那儿的井、那儿的泉水、那儿的小溪……所有的一切。"

"但您是怎么知道的，我的主人？我是说，您能证明吗？"

"泉水谷这个名字写在我心里了，杰克。好了，我们已经休息过了，该上路了。我想借着月光好好看看这个世界，说不定还能碰到那只可怜的小猫头鹰的父母。天哪，我还要好好吓唬吓唬他们。你尽量多带一些吃的东西吧，现在那帮土匪已经不再需要了。"

杰克取来他早就藏好的食物袋，又加了一张馅饼和一只冷了的烤鸡，把袋子塞得满满的，这才跟随主人到了大路上。月光下，那路上的细节全都一清二楚。

这个时候，赛考雷里先生正坐在一间小屋的厨房里，靠在一张粗糙的木头桌子边。他对面坐着一个老太太，正在吃面包和奶酪。

"你说像是一个稻草人？"他一边问，一边在笔记本上记下来。

"是的，他是一个又可怕，又丑陋的畜生。他从树丛里跳出来，扑向我……天哪，我以为我的末日到了。我吓了一大跳，面包、奶酪什么的掉了一地，要不是巴伐洛尼先生和他侄子的好朋友来追赶他们，把他们赶走，我是说什么也安不下心来的。"

"你说那个拦路抢劫的强盗看上去像是一个稻草人？你看没看见他是打哪条路逃走的？"

"是的，先生，他是逃向山里的。真不知道他是不是在那儿有一窝烧杀掳掠的匪帮。"

"毫无疑问。这回光是他一个人吗？"

"不，先生。有一个小伙子跟在他身边。一个凶巴巴的小伙子。可能是外乡人。"

"一个小伙子，嗯？"律师说着又记了下来，"谢谢你，这很有趣。顺便说一下，"他已经一整天没有吃东西了，"这奶酪看上去真是好极啦。"

"是的，是很好。"老太太说着，把奶酪放到一边去了。

赛考雷里先生叹口气，站起身来。

"如果你还听到什么和这个走投无路的强盗有关的消息，"他说，"请一定通知我，巴伐洛尼先生给的酬金非常慷慨。祝你晚安。"

第4章　旅行剧团

在一个树篱下睡了一个好觉，稻草人和他的仆人在阳光明媚的早晨醒来了。

"这就是生活，杰克，"稻草人说，"大路坦坦荡荡，空气新新鲜鲜，冒险就在下一个拐角的地方！"

"新鲜空气对您很合适，主人。"杰克一边说一边拂去头发里的树叶，"可我还是喜欢睡在床上，好久都没有见过床了。我已经记不清，是该把被单放在毯子下面，还是把毯子放在被单下面。"

"我只想去问候问候一个同事。"稻草人说。

他们起身后，发现前面是一个十字路口，一根木头指路标竖在那儿。但是木质路牌上的字迹模糊不清，经过长年累月的日晒雨淋，油漆已经完全剥落了。

稻草人晃晃悠悠地走向指路标，很有礼貌地打招呼。可那指路标根本不理睬他。杰克也不理睬他，他正忙着用小折刀从腊肉上切下一片，夹在面包里。

接着传来了很响的"咔嚓"一声。

杰克抬头一看，稻草人很生气，正在拼命猛击柱子上靠近他的一块路牌。

"再给你一下，你这个傲慢的家伙！"他大叫一声，又打了一下。

不幸的是，稻草人打的头一下一定把柱子里的什么东西弄松了，因为在他打第二下的时候，那四块路牌全都旋转起来，有一块"哐"地打了一下他的后脑勺。

稻草人跌在地上破口大骂："叛徒，胆小鬼！"他跳起来，紧紧抓住那块打他的路牌，从柱子上把整个儿牌子拧了下来。

"看打，你这个卑鄙的拦路抢劫的强盗！"他叫嚷着用那块破路牌痛打那根柱子，"要么和我公平决斗，要么投降！"

倒霉的是，他打一下，那柱子就又转了起来，从另一边向他打过来。不过这次，稻草人牢牢地站在原地，勇敢地和柱子对打了起来。

"主人！主人！"杰克跳起来叫道，"那不是拦路的强盗，是公路的指路标！"

"那只是他的伪装，"稻草人说，"你留神，站到后边去，他是拦路强盗，准没错。不过你别担心，我能对付他。"

"好吧，没错。您说他是拦路强盗，他就是。不过我看他挨揍也挨够了。我听得真真的，他说：'我投降。'"

"要真是这样……"稻草人开始停手，可刚一停下来，就惊恐地发现他的右臂从上衣袖子里慢慢滑了出来。原来耙子柄胳膊从他的扫帚把脊梁骨上脱落下来了。

"我被解除武装了！"稻草人震惊极了。

其实杰克早就看出来，那个耙子柄又干又脆，本来就不经用，如今用来跟路牌打架受到损伤，也就"啪"地断成了几截。

"我有一个主意，主人，"他说，"那家伙的手臂比你的旧手臂结实，为什么不把它塞进袖子里去，代替原来的那个呢？"

"多妙的主意！"稻草人马上就欢天喜地了。

杰克说干就干。就像那根棍子成为稻草人的一条腿一样，那块路牌一伸到他的肩部，就像是被拧了一下，马上就位了。

"我的天！"稻草人嚷道，他很喜欢自己的新手臂，伸出去试着挥了好几圈，还用路牌的尖部练习指点东西。"你真有天赋，杰克，我的孩子！你该成为一个外科医生，或者至少能成为一个木匠。至于你，你这个坏东西，"他凶巴巴地对那指路标添上一句，"让我给你点教训。"

"我认为他不会再攻击别人了，主人。"杰克说，"因为你已经好好地惩罚他了，接下来我们朝哪儿走？"

"走那条路，"稻草人说着，信心十足地用他的新手臂指向前方。

于是杰克背上他的包，他们又出发了。

两个人轻快地走了一个小时，到了一座城镇的外面。那一定是一个赶集的日子,因为人们都赶着大车往那个城镇去,车上装满了要到集市上去卖的蔬菜、奶酪什么的。有一个捕鸟人,他车上的笼子堆得高高的,里边都是会唱歌的小鸟,像红雀、百灵鸟、金翅雀等。稻草人非常感兴趣。

"这些都是战争的俘虏。"他向杰克解释道,"我希望把他们放回自己的国家去。"

"我不这样认为,主人,我看人们会把他们买回去,养在笼子里,这样就能听他们唱歌。"

"不!"稻草人叫了起来,"不,不,人们不能这么干。这很不光彩。你就相信我吧,他们都是战争的俘虏。"

很快,他们来到了集市上,稻草人惊奇地打量着市政厅、教堂和市场里的小商铺。

"我没有想到文明……我没有想到文明已经发展到了这个程度。可不,这简直可以跟贝拉·芳达纳相比了。工业!成就!如此的壮观!有一点我敢肯定,你在鸟的王国里绝找不出这样一个地方!"

杰克听见一些孩子在窃窃私语,朝稻草人指指点点。

"听着,主人,"他说,"我不认为我们……"

"那是什么?"稻草人问道,兴奋得不得了。

他指着一个帆布篷。一个木匠正在那儿把木板钉在一起,竖起一幅色彩鲜艳的油画,上面画的风景非常辽阔。

"是演戏用的,"杰克说,"那叫布景。演员们会在布景前演一个故事。"

稻草人的眼睛瞪得大大的,大得不能再大。他一步步向那个篷子移动,好像有根绳子牵着他似的。篷子旁边贴着一张彩色的海报,有一个人正在大声地读那张海报,读给那些不识字的人听。

"《哈里昆和王后狄多》的悲剧,"那人读道,"由里卡特里先生的优秀团队演出,曾经轰动巴黎、威尼斯、马德里、君士坦丁堡。有打仗、沉船、鬼魂跳舞、维苏威火山喷发等火爆场面。分上午场、下午场、傍晚场以及午夜特别场。布景豪华,令人眼花缭乱。"

稻草人兴奋得飘飘然,像是腾云驾雾一般。

"我全都要看!"他说,"一遍一遍地看。"

"啊,这可不是免费的,主人。"杰克解释道,"你得付钱,可是我们什么都没有。"

"这样的话,我可以作为演员提供服务。嘿!"他朝里卡特里先生打招呼。

一个胖胖的男人,穿着一件睡袍,嘴里嚼着一根香肠从布景后面走出来。

"什么事?"

"里卡特里先生,"稻草人开了腔,"我……"

"哎呀!"里卡特里先生对杰克说,"很好,再做一遍。"

"我什么也没有做呀!"杰克说。

"请原谅,"稻草人说,"但是我……"

"正是这样,好极啦!"里卡特里先生说。

"什么?"杰克问,"你在说什么?"

"我在说口技,"里卡特里先生说,"再做一遍。做呀!"

"里卡特里先生,"稻草人又强调一遍,"我的耐心是有限的。我很荣幸把我自己介绍给你,我很谦虚地说,我是一位经验丰富、才华横溢的演员……你在做什么?"

里卡特里先生围着稻草人转来转去,从各个角度研究他。然后他翻开稻草人胸前上衣的口袋,接着是上衣的后襟,想看看他的声音是怎么发出来的。稻草人很生气,跳到一边去。

"不,主人,他没别的意思,不要生气。"杰克连忙说。"你瞧,他只是想做个演员,"他向里卡特里先生解释,"我是他的代理人。"他添了一句。

"我从没见过这样的东西,"那个了不起的演出经理人说,"我一点也看不出来,他是怎么发出声音的。跟你说吧,在狂热的场面上,我们可以用他来做道具。当王后疯疯癫癫的时候,他就站在一堆枯萎的植物上,如果能行的话,他还可以继续当鬼魂,你能让他跳舞吗?"

"我拿不准。"杰克说。

"那好,让他跟着别人比画比画。不到十分钟就要上场了。"

稻草人欣喜若狂。

"一个道具!"他说,"我要成为一个道具了!你懂吗?杰克,这是我踏上光辉演艺生涯的头一步。我就要演一个道具了,一定会令人印象深刻的。"

"是吗?可能吧。"杰克说。

话音未落,稻草人已经消失在布景后面了。

"主人，"杰克喊道，"等等——"

他发现稻草人正怀着极大的兴趣观看一个演员在镜子前面往脸上涂油彩。

"天哪！"那演员说，他突然看到稻草人，立刻从座位上跳起来，油彩罐也掉了。

"你好，先生。"稻草人说，"请允许我自我介绍一下，我就要扮演道具的角色啦。我可以麻烦你，借用你那些化装的东西吗？"

那演员好不容易吞咽下了一口唾沫，四处打量，看到了杰克。

"那是什么？"他问杰克。

"那是稻草人老爷，"杰克说，"里卡特里先生让他参加狂热场面的演出。""听着，主人。"他对稻草人说，此时稻草人正坐下来，津津有味地看着装满油彩的瓶瓶罐罐。"你知道什么是道具，是吗？"

"那是一个非常重要的角色。"稻草人说着，在他的萝卜脸上画了两片鲜红的嘴唇。

"是的，不过他们把道具看作一个安静的角色。"杰克说，"你不要动，也不要说话。"

"你们在干什么？"

"我就要上场了，"稻草人骄傲地说，"在狂热的场面里上场。"

他在眼睛上涂了两个黑眼圈，还在脸颊上敷了些红粉。那演员看着他，眼珠子都要突出来了。

"已经很可爱了，主人。"杰克说，"不过您化妆不要化过头了。"

"你认为要化得淡一些？"

"当然啦，为了狂热的场面嘛。主人。"

"很好，也许加一条辫子可以使我的扮相看上去淡一些。"

"不是这一条。"杰克说着，从稻草人手里抽掉一条金黄色的卷发大辫子，"一定记住，不要动，也不要说话。"

"我会用我的眼睛说话的。"稻草人说着，把那条辫子又拿了回去，安在他那萝卜脑袋上。

那演员惊恐地看了他一眼，慌忙走掉了。

"现在我需要一件演出服，"稻草人说，"这个就行。"

他捡起一件猩红色的斗篷，一甩就披在了肩上。杰克绝望地直抓脑袋，跟着稻草人从布景后面走出来。所有的演员、乐师和助手都在忙着做准备工作，那儿可看的东西真够多的，杰克不得不一样一样向稻草人做介绍。

"嘘，主人。外面都是观众，因此我们得安静——"

"原来在这儿，"一个气鼓鼓的女演员一把抢去稻草人头上的辫子，"你在玩什么？"她对杰克说，"你怎么敢把我的辫子放在这个东西的头上？"

"请您原谅。"稻草人说着收拢脚，深深地鞠了一躬，"我说什么也不会冒犯您的，太太。不过您已经那么美了，不需要打扮，而我……"

女演员兴趣盎然地打量着稻草人，同时把那条辫子安在了自己头上。

"不赖。"她对杰克说，"更糟的东西我也见过一大堆。可是我一点也看不出来，你是怎么让那东西动起来的。不过，再也别动我的东西，听到了吗？"

"很抱歉。"杰克说。

女演员一阵风似的走掉了。

"多么优雅！多么美丽！"稻草人的眼睛紧紧追随着她的背影。

"是的，主人。不过，嘘——"杰克说，"坐下来，安安静静的。"

这时他们听见一声钹响，喇叭吹了起来。

"女士们，先生们！"传来了里卡特里先生的声音，"我们将奉献一场催人泪下的悲剧——《哈里昆和王后狄多》。布景和场面空前绝后，还特地穿插最最滑稽的表演，那也是在公众舞台上的首次亮相！我们的演出得到巴伐洛尼干肉公司的赞助，他们出品这镇上最最上等的香肠。一口香肠，嘴角上扬。"

又是巴伐洛尼,杰克想,他们什么东西都要插手。

一阵劲鼓响起,幕布拉开,杰克和稻草人睁大眼睛看着演出。这出戏里面并没有多少故事情节,但是观众们都看得很投入。哈里昆假装丢了一串香肠,接着又误吞了一只苍蝇,苍蝇在他肚子里嗡嗡叫,他便在舞台上满世界乱跳。接着王后狄多被她的情人——军官芳法罗尼抛弃,她伤心过度发了疯,从舞台后面奔出来。她就是那个戴金黄色辫子的女演员。

"来,孩子!"里卡特里压低声音叫道,不过声音还是很大,"把他弄上去。这就是狂热的场面了!把他竖在舞台中央,然后赶快离开。"

稻草人摊开两只手臂,杰克把他带上了舞台。

"我要成为绝无仅有的道具!"他一本正经地说,"好多好多年之后他们都还会谈起我们。"

杰克把手指压在嘴唇上,踮起脚走下舞台。正在这时,他发现自己刚好跟那个演王后狄多的女演员碰个正着,她正准备重新上台。她看上去气疯了。

"那东西在那儿干什么?"她问道。

"他是一个道具。"杰克解释说。

"你要是让他动或者说话,我就狠狠地惩罚你!"她警告道。

杰克咽了一下口水,用力点了点头。

幕布拉开,杰克一下跳了起来,因为王后狄多突然发出一声世间没有的疯狂尖叫,从他身边直奔到舞台上去。

"噢,啊,哎哟!苦呀!"她连连尖叫,扑倒在舞台上。

观众们目不转睛地看着,稻草人也是。杰克发现稻草人的眼睛越睁越大,盯着那女演员在地上翻滚、尖叫,假装撕扯头发。

"哎呀呀,哎呀呀!"她来来回回地跳着,向空中乱送飞吻,"一朵迷迭香送给你,留作纪念。哎呀呀,哎呀呀!哦,芳法罗尼,你这不折不扣的流氓!一个情人跟他的姑娘!一朵雏菊送给你。啦,啦,啦!"

杰克也被深深地感动了。看上去那真是一场伟大的演出。

突然,女演员坐了下来,在那朵想象中的雏菊上扯起了花瓣。

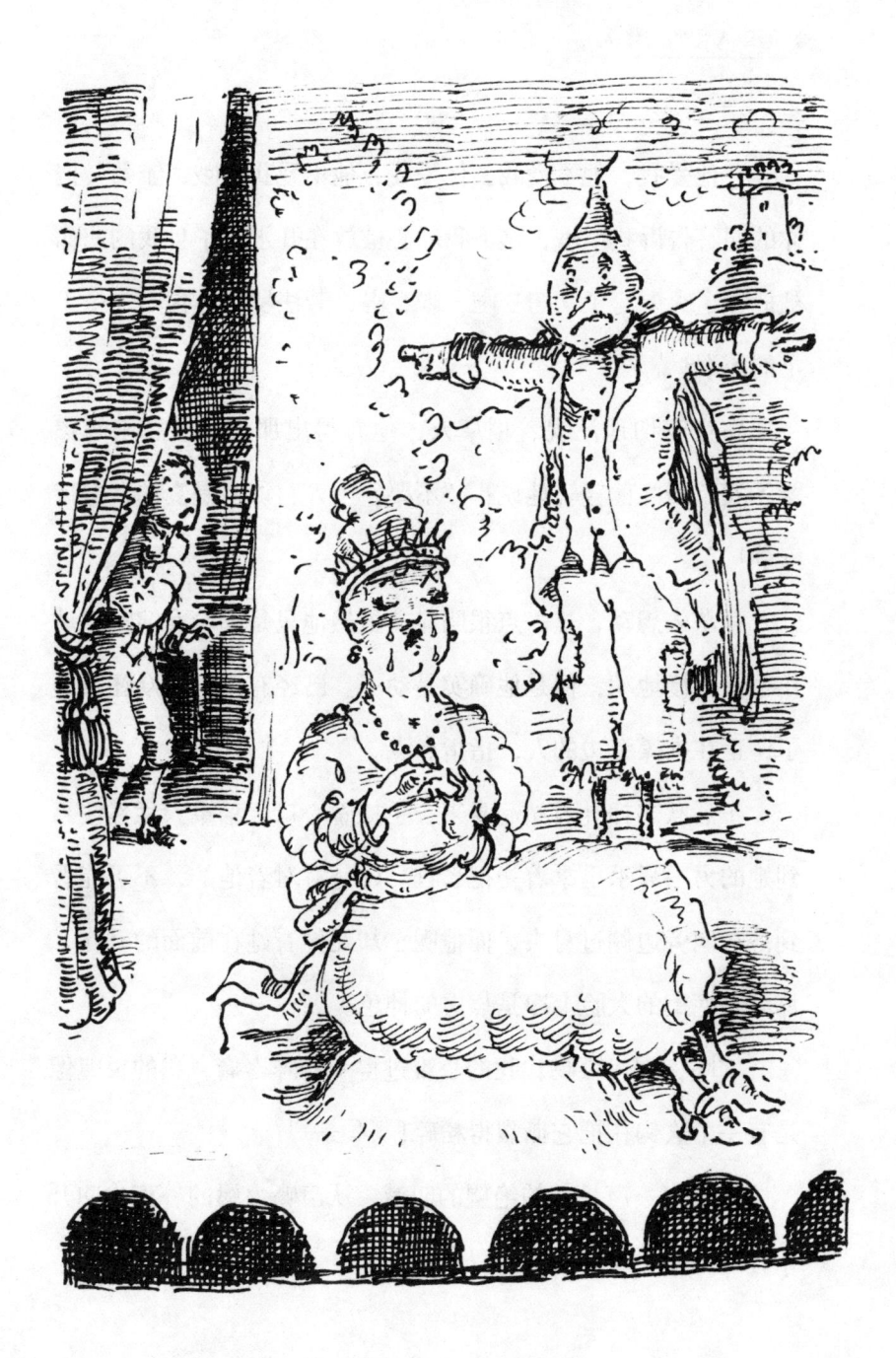

"他爱我,他不爱我,他爱我,他不爱我。哦,雏菊,把你的回答告诉我。哦,这下我的心被放在开水里了!我的悲伤被放在了火上烤了又烤!啦,啦,啦,芳法罗尼,你是一个十足的流氓!"

杰克密切地注视着稻草人,他看得出那个呆子越来越焦躁不安,因此他轻轻地说:"不要,主人,那不是真的,保持安静!"

稻草人想动,这一点很明显。虽然他只是随着女演员的动作很慢很慢地动,但是他确实是动了。已经有两个观众注意到了,正在推搡旁边的人,指指点点。

王后狄多挣扎着站起身来,手抓着心口,稻草人猛然注意到她的另一只手里拿着一把匕首。她是背对着他的,不可能看到他在向旁边侧过身去,而他呢,却在偷看她在前面的动作,那满是疤癞的大脸上净是焦虑的神色。

"噢,啊,哎哟!我的心难过得一阵阵疼痛,我的灵魂像是有一个火钩在把它撕裂得粉碎!啊——"

她发出一声长长的绝望的叫喊,从声嘶力竭的一声尖叫开始,降到几乎断气的一声叹息。

女演员出名就出名在这一声叫喊上。评论家说，它像铅丸一样直达极端悲伤的深处，它能熔掉一颗石头的心，没有一个人听到它不泪如泉涌。

但此时此刻，女演员感觉到观众的心并不跟她在一起，有人在笑，更糟糕的是，当她转过身去看大家是不是在笑稻草人的时候，稻草人却马上记起了他的职责，一动不动，眼睛直视前方，好像他什么也不是，只是插在棍子上的大萝卜。

女演员疑心重重，狠狠瞪了他一眼，决定再试试她那出名的叫喊。

"哇——啊——啊——"她悲叹起来，声音颤颤巍巍，一路从蝙蝠一样的尖叫，降到像母牛肚子痛时的呻吟。

在她的后面，稻草人发现自己一直在跟着王后狄多一起动，模仿她的摇头晃脑、挥舞手臂和一点点向下蹲的动作。他实在没有办法，他太感动了。当然，那些观众以为这是一种搞怪，他们大叫大喊，拍屁股的拍屁股，拍手的拍手，吹口哨的吹口哨，欢呼的欢呼。

女演员气疯了，里卡特里先生也气疯了，他突然出现在杰克身边，把两个演员推到舞台上去："去把他弄走，去把他弄走！"

不幸的是，这两个人穿得像土匪一样，稻草人自然以为他们是真土匪。

"你们这些无赖！"他大叫一声，向前跳去，像举起两个拳头一样举起他的木头手臂，"王后殿下，躲到我的后边来，我来保护你！"

他围着舞台乱蹦乱跳，木头手臂一下下打向那两个演员。女演员气得直跺脚，把她的大辫子狠狠掷在地上，气冲冲

地冲下舞台，对着里卡特里先生直嚷嚷。

观众们乐开了怀。

"再来一下，稻草人！"他们叫道，"打他们，萝卜脑袋！稻草人来啦！"

两个演员不知道是怎么回事，但是他们一个劲儿地追赶稻草人，而当他反击时，又一个劲儿地逃跑。

忽然稻草人停了下来，恐惧地指着前面，那条金黄色的辫子躺在了舞台上。

"趁我一个不注意，你们把她的头砍下来了？"他哇哇大叫，"你们怎么敢这样！好，事已至此，我就不客气了！"

他把木头手臂挥舞得像风车一样，跳向两个演员，毫不留情地拼命打他们。观众乐疯了。这时两个演员也生气了，开始还手。里卡特里先生急忙冲上舞台，想恢复秩序。

杰克也冲上了舞台，想趁稻草人受伤之前把他拉开。不幸的是，一个演员早就抓住了稻草人的左臂，又拉又扯，稻草人还在打他的头，而杰克这时正好抱住稻草人的腰，想往后拉。稻草人的手臂一下子脱落下来，抓着它的演员往后一倒，倒在里卡特里先生身上，里卡特里先生又撞到后面一个演员，他抓住布景想救自己，谁知他们三个的重量合在一起，那枯萎了的植物布景承受不了，木头"喊里咔嚓"地全都倒了下来，帆布也"稀里哗啦"地被撕碎了。一时间，舞台上只剩下了一大堆布景，这儿掀起来，那儿落下去，下面净是咒骂声和拼命挣扎的人群。

"这边走，主人！"杰克拉着稻草人下了舞台，"赶快逃命吧！"

"不，"稻草人还在嚷嚷，"我决不投降！"

"这不是投降，主人！只是战略转移。"杰克好说歹说，终于拉走了他。

集市广场上人人都听到了这个消息，他们全都离开了自己的商铺，幸灾乐祸地赶来看那些演员和倒塌的戏院，其中也有那个捕鸟的人。那些关着红雀和金翅雀的笼子在阳光下闪闪发光，小鸟扯着嗓子唱着歌，稻草人又受不了啦。

"小鸟们，"他非常严肃地说，"我跟你们鸟类王国之间存在着战争，这一点毋庸置疑。但是除了战争，还有一件事情很重要，那就是公正。看见你们被这样残酷地关起来，热血就直冲我的萝卜脑袋，我要给你们自由。但你们要体面地直接回家,路上不能去吃农民的谷子。"

杰克没有注意他的主人在做什么,因为他看到一个老人在商铺里卖伞。老人的关节炎很厉害,不能像别人一样赶到戏院去看热闹,不过他很高兴将一把伞卖给了杰克。杰克在土匪的袋子里找到了一枚小钱币。

这时有什么人叫了起来:"抓贼!别碰我的鸟!"

杰克转过身去,只见稻草人已经打开了最后一个笼子。一群小鸟都在他的头上打旋,叽叽喳喳叫得好欢。他呢,挥舞着一只手臂,胡乱比画着。

"飞吧!"他大声嚷嚷,"飞走吧!"

"快走，主人！"杰克招呼他，"他们全都追上来啦！"他拉着稻草人就跑，两人拼了命地逃。愤怒的叫喊声，开怀的大笑声，解放了的小鸟扯着嗓子歌唱的声音，都在他们身后渐渐隐去了。

他们一直重新跑回开阔的乡下才停下来。杰克上气不接下气地大口喘着气，稻草人仔细察看自己身上，想找找有什么地方不对劲儿。忽然他叫了起来："噢，不，我的另一条胳膊不见啦。我要七零八碎了！"

"别担心，主人！我早就想好了，我给你买了一条新胳膊，瞧——"杰克说着，将那把伞塞进稻草人的袖子里，伞柄先进去。

"哎呀，天哪！"稻草人说，"我不敢相信——我看我——是的，是的——我能行，瞧瞧！杰克你快瞧啊！"

稻草人抖抖他的新胳膊，那伞便开了，他那张带着鲜红的嘴唇、黑黑的眼圈的萝卜大脸，顿时容光焕发起来。

"这下我不是方便灵巧了吗？"他惊奇得不得了，"你瞧，它多灵活！张开，收拢，张开，收拢——"

"你可以用它来遮阳挡雨了，主人。"杰克说。

稻草人很骄傲地瞅着他说："我的孩子，你真有远见！"他说，"本来过一会儿我也会考虑这些问题的，不过你抢在我前头了。我们在舞台上取得了那么大的胜利！海报上说的，我们全都看见了。"

"可是我们没有看见沉船，也没有看见维苏威火山喷发。"

"哦，我们会看到的，杰克。"稻草人自信满满地说，"肯定会的。"

第5章 稻草人出租

当赛考雷里先生到达那个城镇时,发现那儿净是一些奇怪的传闻。他接见了里卡特里先生和扮演王后狄多的女演员,他们两人一口咬定,稻草人是一种机械装置,被催眠的电波所控制,是与他们竞争的演出公司策划的部分阴谋。赛考雷里先生又找到了那个卖伞的老人。

"是的,我什么都看到了。"那老人说,"那是一个男孩跟一只猩猩,我以前看到过一只。他们住在加里曼丹岛的树林里,跟人类差不多,不过你们千万不能再搅和了。你找他干什么?他是不是从哪个动物园里逃出来的?"

"说不好。"赛考雷里先生说,"他们是打哪条路逃走的?"

"那条,"老人指了一条路,"你很容易就能认出他们来。他们从我这儿买了一把伞。"

稻草人和他的仆人白天走了很长很长的路,晚上就在橄榄树丛附近的树篱下过夜。当他们醒来的时候,杰克发现有点不对劲儿。

他坐起来,四处打量,太阳在天空照耀,空气中尽是百里香和鼠尾草的香味。一群山羊在附近吃草,他们脖子上的铃铛叮当作响。但是有什么东西不见了。

"主人!醒醒!我们的袋子被偷了!"杰克绝望地叫道,他马上意识到问题的严重性,"我们的食物都没有了!"

稻草人一骨碌坐起来,在惊慌失措中误开了他的伞。杰克翻起树篱下的一块块石头,四处寻找,又在大路上奔来奔去,上上下下左左右右全都找遍了。

稻草人盯着一条沟看,朝一只蜥蜴皱了皱眉头,蜥蜴不理睬他,于是他弯下腰去,审视树叶间的什么东西。

"有线索了!"稻草人叫道,杰克马上就跑来了。

"什么,主人!"

"瞧!"稻草人说,用他那路牌手臂指着脚边一块小小的脏兮兮的东西。

"是一只猫头鹰吐出来的东西,这就是犯罪证据。"

"嗯。"杰克抓了抓头说。

"要不就是一只寒鸦,"稻草人继续说,"对,没错,我弄明白了,一定是寒鸦,他留下猫头鹰吐的东西,让我们闻不到他的气味,你想都想不到,这些鸟有多无赖,这些不要脸的东西。"

"这下好了,"杰克说,"我们什么都没有了。没有钱,没有一点吃的东西。我真不知道怎么办好了。"

"为了活下去,我们不得不干活,孩子。"稻草人轻松地回答,"我们既有上进心,身体又棒棒的。噢,噢,你在干什么？"

这最后一句话是对一只山羊说的，山羊从他后面上来，吃起他的裤子来。稻草人转过身去用他的路牌手打他。山羊不愿意了，狠狠地顶回来。要不是杰克扶得及时，他早就给顶翻了。

稻草人好不惊讶地说："你怎么敢使出这么下三烂的招数！"他挣扎着站稳身子。

那山羊又向他冲过来。这次，稻草人早有准备，突然张开了他的伞。山羊向前一滑，嘴巴却把伞叼了起来。

"哦，真是的。"稻草人说，"这也太过分了吧！"

于是，山羊和稻草人之间展开了一场拉锯战，一边是山

羊，一边是稻草人。其余的山羊也过来看热闹，一只啃起了稻草人上衣的下摆，另一只啃他的裤子，第三只吃起了他胸部漏出来的干草。

"走，滚开，快走开！"杰克大声嚷嚷，还把手拍得巨响，这些山羊才不情愿地、懒洋洋地走开了。

"本以为只有那些有羽毛的家伙才会干出这种勾当，"稻草人很严肃地说，"想不到这些有角的家伙也是如此。我很失望。"

"他们对你有浓厚的兴趣，主人。"杰克安慰道。

"不过，这也不能怪他们。"稻草人边说边拂掉翻领上的土，抖掉上衣被啃下来的碎片，"但我必须得说，他们不应该就这么被放出来，我们泉水谷绝不能发生这种事情。"

"泉水谷？哦，我记起来了。您是怎么得到这一大片产业的？里边什么都有——怎么说呢——是一个大农场，有许多河流，有许多水井什么的。"

"啊，那是一个谜，杰克。"当他们又上路的时候，稻草人承认道："我内心总有一种信念，我是一个有产业的人，你知道,我是一个农民中的绅士。"

"我们是不是正走在去往泉水谷的路上呢?"

"那得到适当的时候,杰克,我们不得不先赚钱。"

"我知道。啊,您看,"杰克说着指指前面,"那里有一个农场,让我们去问问它的主人能否给我们一点活干。这就作为我们的开始。"

一个农夫闷闷不乐地坐在房子外面,正在磨一把刀。

"你要找活干?"他对杰克说,"来得正是时候,士兵们把我所有的东西都拿走了,鸟又像一阵风飞来吃了就走,你把你那个东西竖在田头,然后到果园里去摇拨浪鼓。"

"你瞧他身上破的,要是能给他一条多余的裤子,他看上去就像样多了。"杰克说。

"倒是有一条又旧又脏的,就在那个木棚子里,你自己去拿吧。那儿还有一些吃的东西,太阳下山以后吃。还有,你们可以睡在谷仓里。"

很快,他们就干起活来了,稻草人把麦田里所有的鸟全都吓跑了。他一会儿开伞,一会儿关伞,大大地教训了他们一顿。杰克则在果园里晃来晃去,一看见红雀或金翅雀就拼命地摇拨浪鼓。

那个活很累人，太阳热辣辣的，要吓唬的鸟实在太多了。杰克总是不知不觉就想起泉水谷来，也就是稻草人那块大地产。一定是那个迷迷糊糊的家伙编出来的，不知怎的，编到后来连他自己都信了，杰克是这样想的，稻草人可真会编，不过听上去倒是个好地方。

太阳下山的时候，杰克不再摇拨浪鼓了，他去叫稻草人。他的主人对那拨浪鼓很感兴趣。

"这东西很了不起！"杰克做给他看拨浪鼓是怎么摇响的，稻草人就说："这可是一样好武器！不知道明天能不能让我用用？"

"啊，主人，要是给你用了，我就没有吓唬鸟的东西了。你是这方面的专家，你光是瞧瞧他们，他们就都吓跑了，可我得靠手上这玩意儿帮忙才行。现在你去谷仓里坐下来，我去拿一些吃的东西。"

农夫的老婆给了他一锅炖菜、一大块面包，还叮嘱他不要把他那个怪物带到厨房里去。新式的稻草人当然不错，可他们家是一户体面的农家，可不想跟什么机械怪物扯上关系。

"行,太太。"杰克说,"有没有什么喝的?"

"水井旁有一个木桶,"她说,"旁边绳子上还有一只铁皮杯子。"

"谢谢您。"杰克说着,端起炖菜朝谷仓走去,路上停下来饱饱地喝了一肚子水。

在走进谷仓以前,杰克在外面停下了脚步,因为他听到了谈话声。

"哦,是的。"是稻草人在说话,"我跟我的仆人两个人打跑了二十多个土匪。"

"土匪?"另外一个人在说话,听上去是个女的,而且带着非常钦佩的口气。

杰克走进去,发现稻草人坐在一只草包上,周围围着十来把工具,耙子、锄头、扫帚、铲子和叉子。他们都靠在墙上,恭恭敬敬地听着。

至少在他们没有觉察到杰克进来之前,都恭恭敬敬地听着,一感到杰克在场,就一个个又恢复了原来的样子。

"啊,杰克,我的孩子!"稻草人说。

"农夫的老婆给了我们一锅炖菜。"杰克四处张望,疑心重重地说。

"你吃一大半吧。"稻草人说,"我吃得很少,小小一片面包就够了。"

杰克就坐下来,在炖菜里捞了捞,里边净是辣椒,还有洋葱和几片碎香肠。

"我好像听到了谈话声,主人。"他嘴巴里塞得满满的。

"你确实听到了,我正在告诉这些先生和太太我们那些精彩的冒险。"

杰克看了看周围的耙子、锄头和扫帚。他们谁都不动,一声不吭。

"啊,"杰克说,"很不错。"

"我刚才正在说,"稻草人继续说,"那些土匪是一群极其可怕的家伙,个个都武装到了牙齿,他们把我们困在了他们的山洞里,而且……"

"我记得你刚才说的是一座坍塌了的城堡。"一个耙子插话。

"对,对,是一座坍塌了的城堡。"稻草人很快活地回答。

杰克的头发都竖了起来。看来的的确确有一个耙子说了话,这时天已经黑了下来,他非常疲倦,揉了揉眼睛,感觉他们又在围拢过来,于是又拼命地揉了起来。

"啊,到底是什么?"耙子一个劲儿地问。

"是城堡,靠近山洞的城堡。我的仆人和我进去打探,接下来就发觉有二十来个土匪来了。说不定有三十来个。我躲在一个角落里,杰克给他们讲故事,讲着讲着他们睡着了,这时候我像个鬼魂一样无声无息地出现了,就像这样——"

稻草人举起双臂,做出一个可怕的鬼脸,有的小扫帚吓得连连退缩,有一个小耙子甚至被吓得尖叫起来。

"土匪们掉头就逃,"稻草人继续讲下去,"后来我回想这个问题,终于得出一个结论,为什么他们逃得那么快?他们

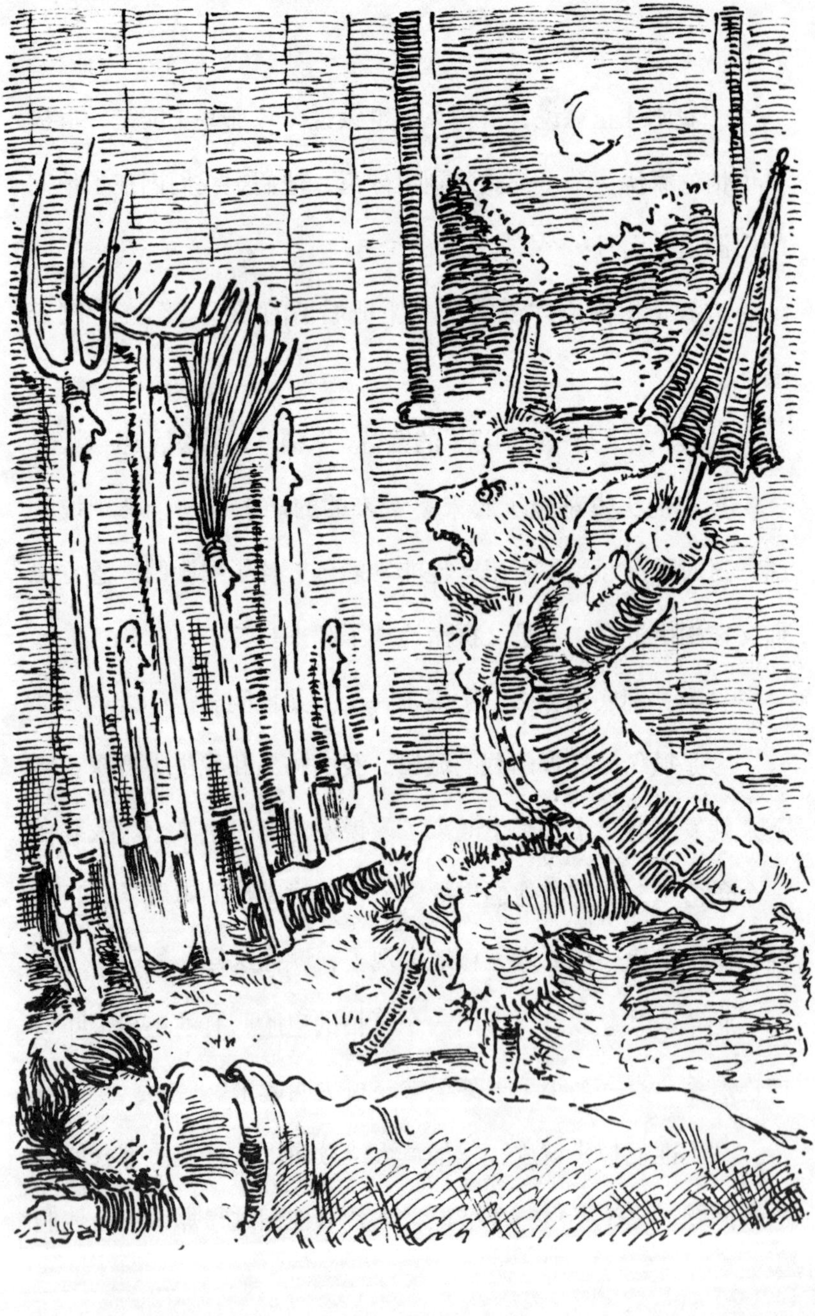

只是一些鸟，一些伪装成土匪的鸟。"稻草人解释道，"一种有鸵鸟那么大的大鸟，非常危险。"他又补充了一句。

"你一定非常勇敢。"一把扫帚很害羞地说。

"哦，我不知道算不算勇敢，"稻草人说，"干这一行已经习惯危险了。不过没过多久，我又有了一个新职业，我登上了舞台。"

这时杰克已经躺了下来，他睡着的时候，稻草人正在演他在戏里担任过的角色，不过杰克可记不得他的角色有那么重要。一直演到一个情节，王后狄多爱上了稻草人，让他做了首相，杰克才知道自己睡了好一会儿了。

他醒来发现太阳已经照到眼睛上了，稻草人正在摇他。

"杰克！醒来！该干活啦！那些鸟早就起来啦！不过杰克，我私下里有一句话要跟你说。"

"我们不就在私下里吗？"

"不！我的意思是要更私下一点。"稻草人小声说，样子十分着急，"要避开……你知道的……"

他朝背后做做手势，又向后点了点头，一副意味深长的样子。

"哦,我懂了。"杰克说,其实他不知道稻草人在说些什么,"等我一下,我们在井边碰头,主人。"

稻草人点点头,走出了谷仓,杰克挠了挠头。耙子、锄头和扫帚一动也不动,一声也没吭。

"昨晚一定是在做梦。"杰克自言自语,站起身来。

农夫的老婆给了他一些面包和果酱,他拿在手里到了井边。稻草人已经在那儿等得不耐烦了。

"什么事,主人?"他说。

"我决定要结婚。"稻草人告诉他,"事实上我已经坠入爱河了。哦,杰克,她真美!她的性情多么温柔!说来你也不相信,我在她身边,总觉得自己笨嘴笨舌,笨头笨脑的。她多么优雅!多么有魅力!我失魂落魄了,我爱她,我对她扫的地都无比尊敬!"

"扫的地?"杰克的嘴巴里塞得满满的。

"她是一把扫帚。"稻草人解释道,"你一定早就注意到她了。最最漂亮的一把!最最可爱的一把!我崇拜她!"

"您跟她说了没有?"

"啊,这正是我要跟你说的。我没有胆量,我的勇气背叛了我。我一看见她,我觉得我……就像是一个洋葱头。"

"一个洋葱头?"

"是的,就像是一个洋葱头,我一句话也想不起来,说不出来,因此你得跟她说说。"

杰克又抓起头来。

"啊,"他说,"我不像您那么会说话,主人,我可能会把事情弄糟的。我可以肯定,她更愿意听您去说。"

"嗯,她当然是这样,"稻草人同意,"谁都是这样。不过我看见她就一下子成了哑巴,所以还得你去。"

"我不明白,为什么你觉得自己像是一个洋葱头?"

"不,我自己也不明白,我一点也弄不懂,为什么爱情会有这个效果。你谈过恋爱吗,杰克?"

"就算谈恋爱我也不会这么想。我会觉得自己像一只萝卜。听着,我跟您说说这里边……主人……"

"我知道啦!你可以假装是一只鸟,攻击她,而我可以假装上前把你赶走,这样我敢说一定会给她留下深刻印象。"

"我不像您是个好演员。她可能会猜出来我不是一只真正的鸟。听着,我们先去干活,这一整天您可以在麦地里想想她的事情。我们回去之后再谈。"

"对,这是个好主意。"稻草人说完,很骄傲地昂首阔步走开,去开始一天的工作了。

第6章　小夜曲

杰克整个上午都在努力干活。中午的时候，农夫来到果园看看他干得怎么样，他四处察看，点头称赞。

"那另一个家伙，"他说，"你知道……"

"我的主人。"杰克说。

"跟你一样。嗯，也是干活的好手，这一点错不了。但是……嗯……你知道……"

"他是赶鸟的一把好手。"杰克说。

"毫无疑问，但是……嗯……他有点，嗯，是不是？"

"您只是不太了解他。"

"哦，是吗？那么他是……嗯……是不是？"

"他的性格不那么外露。"杰克说着，对一只乌鸦摇摇拨浪鼓。

"啊,"那农夫说,"问题是,他看上去几乎……好吧,就算我不太清楚。我想说……你是知道的。"

"那正是他聪明的地方。你瞧,他干活的时候,从不……有点那个。"

"不。"那农夫说,"确实不会……"

"我意思是说,也没什么大不了的……您知道。"

"太对啦。这点给你说对了。反正都一样,嗯?我意思是说……"

"是的,"杰克表示同意,"要不,就太可怕了……嗯?"

"给那个聪明的家伙带个话?"农夫说着眨了眨眼睛,拍了拍鼻子。杰克也照着他做,那是一个暗号,私下里的密谈不能泄露出去。

啊,杰克想,他不用把这所有的一切去跟主人说真是一件好事情,那个可怜的迷迷糊糊的家伙肯定连一个字都听不懂。

杰克整个下午都忙着摇拨浪鼓,太阳下山的时候,他去叫稻草人从麦田的高地上下来。

"杰克,我听从你的建议,一整天都在想她的事情,得出的结论是,她要是不肯嫁给我,我一定会做出什么绝望的事情来。"

"哦,天哪!"杰克说,"那会是什么事呢?"

"这个我留到明天再想。"

"好主意。不知道晚饭吃些什么。"

农夫的老婆又给了他们一盆炖菜,同时带着怀疑的目光久久地注视着稻草人。稻草人并没有发现,因为他一味盯着谷仓看,萝卜脸上一副呆呆的表情。

"谢谢您,太太。"杰克说。

"记住,晚上把他看紧了。"农夫的老婆说,"我不喜欢他的样子。要是给我发现有什么鸡丢了的话……"

杰克和他主人在井边坐了下来。稻草人又让杰克吃所有的炖菜,自己只是在一片面包上像鸟一样啄了几口。

"您应该多吃点东西才是,我敢说,您肚子越大她就越喜欢您。无论如何,那样也会感觉好一点。"

"不,我没有胃口,杰克,都是爱情闹的。"

"要是你确实不想吃,那……"杰克说着,吃完了所有的炖菜。

"我知道了！"稻草人说，他突然坐直身子激动地打开了伞，"我可以给她唱小夜曲！"

"嗯……"杰克刚想说话，但是稻草人太激动了，根本不想听下去。

"是的，就是这个主意！我打算等天黑后拿起她假装扫地，一直扫到外面，然后漫不经心地把她靠在墙上，接着我就唱歌给她听。"

"嗯……"杰克又想说话。

"噢，你瞧，要是她听到了我唱的歌，她的心就是我的了。"

"你还是不要唱得太响的好，我看农夫的老婆不怎么喜欢。我敢肯定那个老太太不会喜欢。"

"哦，我会非常谨慎的。"稻草人说，"每个音符都会唱得温柔又热情。"

"这还差不多。"杰克说。

"当月亮照进院子的时候，我就开始扫地，我认为月光会对我非常有利。你觉得呢？"

"你最好还是让我帮你打扫打扫干净吧。"杰克掸了掸稻草人的肩头，在他的胸脯里填了些新的干草，还洗了洗他的萝卜头，"这样你看上去就好多啦。记住，千万不要太响。千万！"

稻草人坐在谷仓外面，杰克到里边去躺下。但是在他躺下之前发现了扫帚，于是就把她放在了门边，以便稻草人在黑暗里能找到她。

"请原谅。"他不由自主地说道，"我希望你不介意我把你放在这儿，等月亮一出来，你就知道我为什么要这样做了。"

她并不回答，非常优雅地靠在墙边。杰克认为她一定很害羞，后来他回过神来，摇了摇头。

是稻草人让我相信了她是有生命的，他想，我最好还是小心点，不然会跟稻草人一样疯的。

杰克在干草上躺了下来，闭上了眼睛，那头老驴和母牛站着睡觉，除了静静的呼吸和不时反刍几

下的声音,一片寂静。

月光照到他的眼睛时,杰克醒过来,他打着哈欠,伸着懒腰,坐了起来。

"啊。"他对自己说,"该扫地了,这是一个疯狂的念头。不过主人还是挺好、挺了不起的,这一点毫无疑问。"于是他拿起扫帚心不在焉地把所有干草和灰尘都扫到门边去,那儿被月光照得明晃晃的。他一到外边就把扫帚靠在墙上,又重新回去躺了下来。

杰克觉得自己一定是刚睡着就又做起梦来,因为他似乎看见稻草人在扫地,一边扫,一边对扫帚这样唱道:

你的扫把那样苗条,
你的毛那样柔软,
我的心不得不
向你的美貌投降,
退一步,进一步,
跳舞跳不停,
整夜搂着你,

整夜偷偷瞅着你。

杰克眨了眨眼睛，又揉了揉眼睛，不过还是没有什么两样，稻草人跟扫帚正绕着谷仓的场地跳起华尔兹，跳得跟舞厅里的对对舞伴一样优雅。

你那温柔的举止，
把一切打扫得干干净净，
我从未看见
比你更大方的淑女。
这样文雅，这样妩媚，
完全使人倾倒，
哦，来一个少女的初吻，
又有何妨？

杰克想，他要是跟她结婚了，以后就不再需要仆人了，瞧，他看上去那么快活，真不知道还能不能找到一个我很乐意侍候的主人。

正当他躺在那儿反复思索的时候，一个粗声粗气的叫声突然把他吵醒了。

起先他以为又是在做梦，后来才明白是谷仓里的老驴在叫，又是跺脚，又是没完没了地大吵大闹。再听听，稻草人好像有麻烦了。他在愤怒地吼叫，痛苦地哀叫，可怜地惨叫。

杰克爬到谷仓的门口，只见农夫的老婆穿着一件长长的睡衣，一只煎锅高高举过头顶，正从厨房门里冲出来。她丈夫，那个农夫，也穿着一件长长的睡衣，跟在后面，笨手笨脚地拿着一把老式的短枪。稻草人紧紧抓着扫帚贴在胸口，他那萝卜脸上居然真的有眼泪流下来。

"不，太太！不，不要！"杰克一边叫一边冲出去，要拦住农夫的老婆，她正要用煎锅狠狠地打稻草人。农夫那边倒没有什么危险，因为他刚想给短枪装子弹，所有的铅弹就全从枪管里掉了出来，像雹子一样"噼里啪啦"地落在石板上，活蹦乱跳。

农夫的老婆刚要打下去，杰克及时赶到，双臂张得大大的，站在他们中间。

"不，太太，住手！让我来解释！"他说。

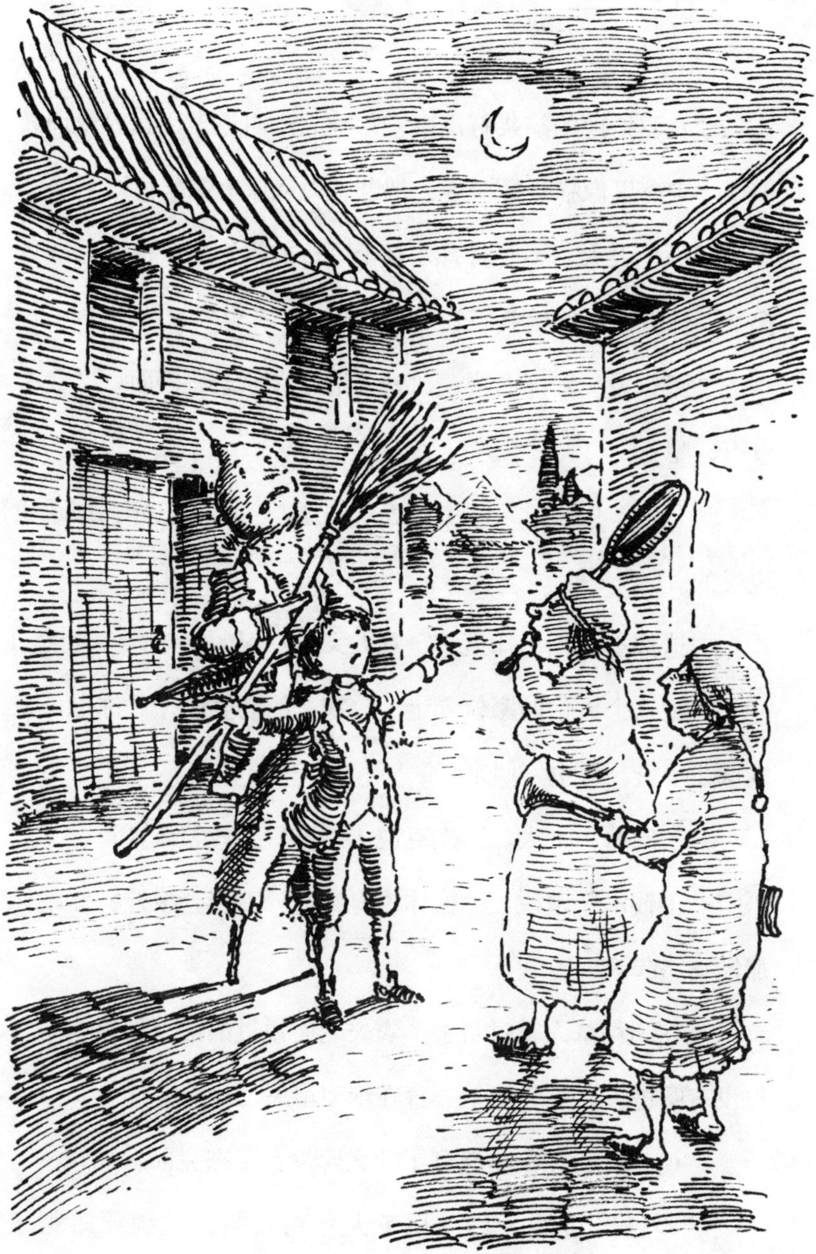

"我要把他的脑浆打出来。"她大声叫道,"我要教训教训他,半夜里像猫一样叫春,把老实人从床上惊醒!"

"不,太太,不要打,他是个可怜的糊涂虫。他不是故意捣乱,你就把他交给我吧!"

"跟你说!"那农夫说,安全地站在他老婆后面,"我有没有,嗯?"

"是的,您说过。"杰克表示同意,"不管怎样,您跟我说过的。"

"这都不行,你知道。"农夫又添一句。

"把这个可怕的家伙弄走。"农夫的老婆说,"你也马上从这儿滚蛋。再也别回来!"

"没问题,太太。"杰克说,"不过工钱怎么算?"

"工钱?"她说,"你休想得到一分工钱,滚开,你跟你那怪物一起滚!"

杰克朝稻草人转过身去,农夫老婆说过的话,稻草人一句也没有听进去,事实上他一直在绝望地哭泣。

"说说看,你倒是遇到了什么麻烦?"杰克问。

"她已经订婚了!"稻草人号啕大哭,"她要跟耙子结婚。"

"哦，这真不走运，"杰克说，"不过，你还是要看到好的一面……"

"我当然不会做出什么不体面的事情。"稻草人继续抽泣着，努力控制着自己的情绪，"亲爱的小姐，"他对扫帚说，"没有什么能让我站在你和你的幸福之间，既然你已经把心给了那个谷仓里的绅士。不过我要警告他，"他提高声音，环顾一下所有靠在墙上的农具，"他最好把她当宝贝一样对待，让她幸福就是他生活的全部。否则，我就跟他过不去。"

他最后一次泣不成声，把扫帚轻轻地交给了杰克，杰克把她拿进谷仓，竖在了耙子旁边。

当他回到外面的时候，稻草人正在跟农夫和他老婆说话。

"我很抱歉，把你们吵醒。"他说，"但是我并不为我热情表达自己的感情而请求原谅，毕竟这是我们跟动物之间的区别。"

"疯啦!"农夫的老婆说,"疯疯癫癫的。去!滚开,走大路滚,再也别回来。"

稻草人鞠了一躬,优雅到家了。

"啊,天哪!"农夫说,"别这样,你知道。这些天来,嗯,有些事情……"

"他疯得不行,我要他走!"农夫的老婆说,"他是一个样子可怕的怪物,他吓着了我们的驴,滚开!"她再次举起了煎锅。

"来吧,主人,我们到别的地方去碰碰运气,前些日子我们一直睡在树篱下,今晚又是个暖和的好天气。"

于是,稻草人和他的仆人就在月光下的大路上肩并肩地出发了。稻草人发出沉重的叹息,萝卜脸上带着万分痛苦的样子,不时转过头去久久顾盼。连杰克都觉得那扫帚只要有可能一定会离开耙子,爱上他的主人,只是现在太迟了。

"哦,是的。"农夫说,"他肯定……你知道。"

"他疯得像个疯子!"他的老婆说,"一个危险的疯子。而且是外乡人。这样的人不应该放他出来。"

"我知道。"赛考雷里先生说,"他是什么时候离开的?"

"什么时候?"农夫说,"大约……呃……"

"半夜,"农夫老婆凶巴巴地回答,"可你究竟想要知道什么?你是管他的人吗?"

"在某种意义上说,是这么回事,我为我的雇主负责把这个稻草人带回他该去的地方。"

"啊。"农夫说,"这么说来,这是一个案子,嗯,是不是?"

"请你再说一遍!"

"你知道,像是涉及某些陈年往事。是这么回事吧?"

赛考雷里先生收好他的文件,站了起来。"你说得一点也不错,先生,"他说,"谢谢你的帮助。"

"你抓到他,会把他关起来吗?"农夫的老婆问。

"哦,我向你保证,"赛考雷里先生说,"这是最起码的。"

第7章 占星家的大篷车

"杰克，"第二天清早，稻草人说，"既然我的心已经碎了，我们应该到大路上去，重新出发去碰碰运气。"

"去寻找你那泉水谷的产业怎么样，主人？"

"啊，是的，确实。但我们必须赚到足够多的钱才能使那个地方走上正轨，到那时候再回去照料它吧。"

我希望那里有足够多吃的东西，杰克心想。

稻草人轻快地迈着大步，杰克在他边上小跑跟上。一路上有好多东西可看，尽管稻草人的心碎了，他对世界的好奇却一点也没有减弱。

"为什么这个建筑烧掉了？"他会这样问，或者："我很纳闷，为什么这个老太太在爬梯子？"又或者："知道不，杰克,那是一件很怪的事情,为什么一连好几个钟头我们都听不到一声鸟叫?怎么会这样,你是怎么想的?"

"我看是因为士兵们到过这个地方,"杰克回答,"他们烧掉了房子,带走了农场里所有的工人,因此老太太不得不亲自动手修补屋顶。至于那些鸟嘛,士兵们吃光了所有的食物,什么东西也没有给鸟留下,连一颗麦粒也没有。"

"嗯,"稻草人说,"又是那些士兵?嗯,他们总是干这种事情。"

"那些士兵是世界上最坏的坏人。"杰克回答。

"比鸟还坏?"

"坏多啦。士兵们一来,我们唯一能做的事情就是躲起来,大气都不敢出。"

"他们看上去像什么样子?"

"这个……"

杰克还没有来得及回答,稻草人的注意力又被别的东西吸引过去了。

"看!"他叫了起来,激动地指向前方,"那是什么?"

那是一辆大篷车,正在朝他们驶来。拉车的是一匹老得不能再老的马,皮包骨头,他的肋骨根根分明。大篷车上画满了星星、月亮和一些神秘的符号。坐在车厢上拉着缰绳的,是一个瘦得跟那匹马不相上下的男人,戴着一顶尖尖的帽子,穿着一件长袍,长袍上面布满了更多的星星和月亮。

稻草人羡慕得五体投地,目不转睛地盯着看。

那个人一看见他们,就挥手招呼,抖了抖缰绳,让马停下来。那匹可怜的老马巴不得休息休息。那人跳下车厢就朝稻草人直奔过来。

"您好,先生!早上好,老爷!"他说着低低地鞠了一躬,还拉了拉稻草人的袖子。

"早上好,先生。"稻草人说。

"主人,"杰克说,"我看还是别……"

但是那个穿着神秘袍子的陌生人已经抓住了稻草人的那只路牌手,目不转睛地看了又看。

"啊,"他说,"啊哈,哈哈!我在这只手上看到了天大的运气!"

"真的吗?"稻草人马上来了劲儿,"你是怎么看出来的?"

"用神秘的法术!"

"哦!"稻草人说,"杰克,我们也需要一辆能破解迷雾的大车,就像这位绅士的那辆,这样就什么事情都知道了。我们就能算算命,找到去泉水谷的路。把它……"

"您刚才提到的是不是泉水谷,先生?"陌生人说,"您不会是著名的巴伐洛尼家族的成员之一吧,我的老爷?"

"我想不是。"稻草人说。

"啊,我懂了,他们把您称作顾问,是公司掌权的人。我知道那些巴伐洛尼家族的人在工业方面做了一些很出色的事情。他们抽干泉水、井水,建起了了不起的工厂,对不对?"

看到稻草人难以回答,那个占星家很圆滑地继续说:"让我读读您的星象,细细看看水晶球的深处,在我的观察力面前,时间的面纱没有揭不开的,神秘的未来没有不被显现出来的。到我的大篷车上来,咱们好好谈谈!"

"主人,"杰克小声说,"那是要花钱的,我们一分钱也没有。再说,他是一个老骗子!"

"哦,不,我的孩子,你误会了,"稻草人说,"我在判断一个人的品质上很有本事,这位绅士的脑子全都用在了高尚的事情上,他不可能是骗子。他的思想全在崇高的领域里,杰克!"

"说得对极啦,先生,你是一位见解深刻、领悟力极高的思想家。"那个神秘的家伙招呼他们上了大篷车,揭开摆在小桌上的水晶球上面盖着的布。

他们全都坐了下来,占星家故作神秘地挥了挥他的手指,目光深深地探入了水晶球。

"啊!"他说,"正如我所担心的一样,命运星辰的显

现非常暗淡、非常模糊，唯一的办法就是澄清这些星星的原生质，好对您的星象进行占卜。这个我愿意效劳，不过要付一点小小的费用。"

"啊，那就到此为止吧。"杰克说着站起身，"因为我们两个人连一分钱也没有，再见！"

"不，杰克，等等！"稻草人说着，"嘭嘭"地敲起自己的萝卜脑袋来。

"您在干什么，主人？"杰克大声说，"您会伤着自己的。"

"啊，在这儿啦！"稻草人叫道，从他萝卜脑袋的一条裂缝儿里掉出一枚金币。

杰克和那个占星家几乎同时跳起来，不过占星家先把金币抢到手。

"好极啦！"他把金币放在两颗像马牙一样长的牙齿之间咬了咬，"真是巧得不能再巧了，费用刚刚就是这些。我马上就来占卜。"

"那枚金币是从哪儿来的？"杰克非常奇怪。

"哦，在那儿有些时候了。"稻草人这样跟他说。

"但是……如果……"杰克无奈地扯着头发说。

稻草人并不理睬,他一直盯着占星家看。那人从架子上取下一本净是灰尘的书来,把它打开,里边是许多图表和一串串数字,他的手指一行行地移下去,嘴巴里还很有学问似的念念有词。

"你看见他在干什么了吗?"稻草人小声说道,"那才叫聪明,那才叫深奥。"

"啊哈!"占星家发出一声长长的颤颤巍巍的惊叹,"我在这些星星中看到了天大的运气!"

"说下去,说下去!"稻草人说。

"哦,是的,"占星家说着,舔了舔一只肮脏的手指,又翻了几页,"这里告诉我们更多。"

"瞧瞧,杰克,我们能遇到这样一位绅士,真是天大的好事。"

占星家突然倒抽一口冷气,细细看了看书中的符号。稻草人也跟他一样,他们俩这口气吸了好久好久,最后占星家又吐了好久好久。稻草人也跟他一样。

这时,占星家慢慢抬起头来,好像那头是他的一个重得不能再重的负担。

稻草人两只混浊的小眼睛睁得大大的,他身上的稻草根根竖了起来,那原本张大的嘴巴更是合不拢了。

"我以前从来没见过这样奇特、这样深奥的命运。"他的声音低低的、抖抖的,"所罗门创立的星象学本来就深奥非凡,又要考虑到太阳的影响、子午线的影响、方位角的影响,需要综合分析、分析综合,不过伟大的占星家伊奇塞尔揭示了这个秘密。"

"什么?"

"意思是说……"

"什么,什么?"

"他预言……"

"什么,什么,什么?"

占星家停了一会儿,眼睛转过去瞧瞧杰克,然后又转过来瞧瞧稻草人。

"危险!"他一本正经地喊道。

"哦,不!"稻草人叫道。

"接着是欢乐……"

"那行!"

"紧跟着又是麻烦……"

"不!"

"渐渐引向光荣……"

"那行!"

"渐渐转为悲伤……"

"不,不,不!"

稻草人怕得要死。

占星家慢慢合上书,把它放到杰克够不到的地方。后来他冷不丁地撇撇上嘴唇,吓了杰克一大跳。那个老家伙像鳄鱼一样咧着大嘴笑着。

"但苦尽甘来,最后是成功……"

"呜啦!"稻草人叫了起来。

"眼泪流到头是胜利。"

"谢天谢地！"

"健康、财富和幸福都是您的，将与您终生相伴！"

"啊，我太高兴啦！这下终于可以放心啦！"稻草人说，"杰克，你瞧瞧，这位绅士说的那些话，他什么都知道得清清楚楚。啊，我刚才还在那儿担惊受怕。但是结果好得不能再好，谢谢你，千谢万谢。我们可以充满信心、信心百倍地上路了。天哪，这是一次多么了不起的经历呀！"

"很乐意为您效劳，"占星家说，"下车的时候要小心一点，那台阶有点不牢靠，再见！"他疑心重重地看了看杰克，杰克也疑心重重地看了看他。

"杰克，你倒是想想，"当大篷车缓缓驶过时，稻草人用敬畏的语气低声下气地说，"我们见过了占星家的大篷车，我们听到了未来的秘密！"

"您别把这些事放在心上，主人。"杰克说，"您那脑袋里还有没有钱？"

"让我看看，"稻草人使劲敲了敲萝卜脑袋，又用力晃了晃，"嗯，"他说，"有样东西骨碌骨碌响。让我看看……"

他又侧过脑袋晃了晃，一样东西掉下来，在路上蹦。

两人弯下腰去看。

"是一粒豆。"杰克说。

"啊,对了。"稻草人非常害羞地说,"你看,那是我的脑子。"

但是没有等他们把豆子捡起来放回去,一只黑鹂飞下来把它叼在了嘴里,又飞走停在了一根树枝上。

稻草人气极了,挥舞着他那路牌手,而那只伞手一会儿张开一会儿合上。他还愤怒地跺着脚。

"你这个无赖,你这个小偷!"稻草人咆哮连连,"把我的脑子还回来!"

黑鹂吞下了那粒豆子,接下来的事情使杰克好不奇怪,那只黑鹂居然开口说道:"它掉下来的时候是我头一个看见的。"

"你怎么敢!"稻草人大声责问,"我从来没有看见过这样无法无天的行为!"

"别对我嚷嚷。"黑鹂呱呱地说,"你很残暴,是的,很残暴,你有一张残暴而可怕的脸,要是你再对我这样嚷嚷,我就起诉你。这可不算不公平。"

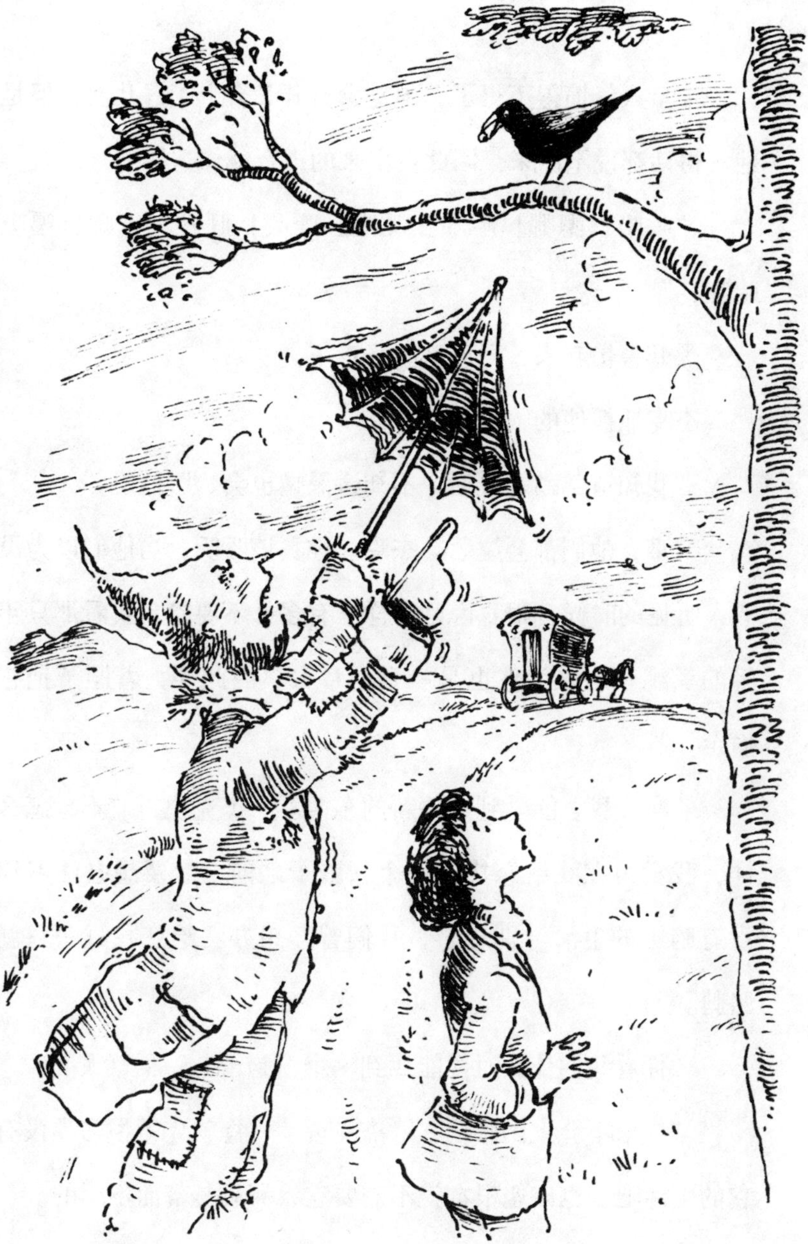

稻草人气愤得不得了,他把伞打开又合上了好几次,但是他气得话都说不出来,因此发出来的声音就像这样:

"呼噜!嗯哪!咿咿!呃呃!嘎嘎!呼呼!咝咝!嘎咝哈咝!"

黑鹂害怕起来,一声低叫飞走了。

杰克抓抓他的脑袋。

"我知道鹦鹉能说话,不知道黑鹂也会。"他说。

"哦,他们都会说话,杰克。你真该听听,当他们以为没有人听见的时候,跟我说话的样子有多么不要脸。我看那只年轻的黑鹂一定以为你也是一个稻草人,因此才大着胆子把它偷走。"

"啊,我总能学到一些新的东西。"杰克说,"不管怎么样,我觉得在我给您找到一个新脑子之前,您要想办法习惯没有脑子的生活。别忘了,我们曾经想办法给您找过一只新胳膊。"

"你看我们什么时候能找到一个新脑子?"稻草人问。

"应该不会太困难吧,"杰克说,"您就先习惯习惯没有它的生活吧。也许您根本就不需要它,那只是备而不用的。"

"这可是一个很难回答的私人问题。"稻草人疑惑地摇摇头说。

"我们会找到的，您放心。"

"啊，杰克，我的孩子，雇用你是我一生中做出的最明智的选择。我看我可以没有脑子，却不能没有我的仆人。"

"好的，谢谢您。不过没有食物我也活不下去，真希望很快就能找到一些吃的东西。"

因为那儿附近没有什么吃的东西，他们很快就重新上路了。但他们前后是一片光秃秃的荒凉地区，所经过的不多的几个村庄都已经烧掉了，荒无人烟。

"连鸟都看不见，"稻草人东张西望地说，"这是一件奇怪的事，杰克，我不喜欢这里，什么鸟都没有。"

"这里什么吃的东西都没有，我也不喜欢。"杰克说。

"瞧！"稻草人指向大路的后面，"那是什么？"

他们两个人都能看到大路后方尘土滚滚，还伴随着声音传来，杰克马上就听了出来，那是有规律的噔噔的脚步声，还有可怕的大鼓声——是一大队士兵。

第8章 军队的骄傲

杰克拉了拉稻草人的袖子。

"走吧,主人,"他急急慌慌地说,"我们得躲起来,等他们走过去。"

稻草人跟随杰克躲进了一堆树丛。

"看看他们都不行?"稻草人问。

"看是可以看,不过无论您做什么,别让他们看见您!"杰克央求道。

打鼓的声音和嗒嗒的脚步声越来越近,稻草人兴奋地在树叶丛中伸着脖子张望着。

"杰克,杰克!"他小声说道,"真让人吃惊!他们全都一个样!"

那些士兵都穿着鲜亮的红上装和雪白雪白的裤子，脚蹬黑皮靴，头戴熊皮帽，手举毛瑟枪的角度全都一样，就连他们闪闪发光的铜纽扣也都是一个样。他们有好几百人，全都迈着统一的行进步伐，一个个又高又大，身强体壮，吃得饱饱的。

"太有派头了！"稻草人大声赞叹。

"嘘！"杰克绝望地做着手势。

走在队伍前面的是几个骑着灰马的军官，雄赳赳、气昂昂的。在队列的后面有十几辆马车，都由黑色的骏马拉着，马和马车都装饰得漂漂亮亮。

"多么排场！多么神气！多么带劲！"稻草人说。

杰克捂住了耳朵，士兵们皮靴的噔噔声震得连大地都在发抖。噔！噔！噔！那声音就像是一个有着上千条腿的机械怪物正经过他们面前。

当杰克壮着胆子抬起头来看时，只见稻草人已经站在大路当中，用惊奇和钦佩的目光注视着远去的军队。

"杰克！"他叫道，"你看见过这样壮大的场面吗？噔！噔！噔！还有他们的红上衣、发亮的皮带、他们的帽子！噢，这才是我要的生活，杰克，我要成为其中一员！"

"但是，主人——"

"我们马上上路！噔！噔！噔！"

稻草人轻快地挥舞着他的两条胳膊，迈开两条木头腿就出发了。他跨着大大的步子，杰克好不容易才跟上。

"主人，请您听我一句话！不要做士兵！我求您啦！"

"你还记得吗，大篷车里的那个占星家是怎么说的，杰克，巨大的财产、名声和光荣！"

"是的，不过您也别忘了还有麻烦和危险！"

"我还要跟你说一些别的事情，"稻草人补充道，"那个军队里肯定有许多吃的东西。你看那些人精气神十足，我敢打赌，他们一天的饭量就算不是常人的四倍，少说也有三倍。"

这话对杰克起了作用，一想到吃的东西，他就像他的主人一样，拔腿去追赶大部队了，管他士兵不士兵。

没有多久他们就赶上了大部队，因为士兵们停下来开始吃午饭了，炖牛肉的香味让几百米以外的杰克口水都流下来了。

稻草人大踏步走进军营，来到厨子面前，他正在给排得整整齐齐拿着盘子的士兵们分发炖肉和土豆。

"我要成为一个士兵。"稻草人一本正经地说。

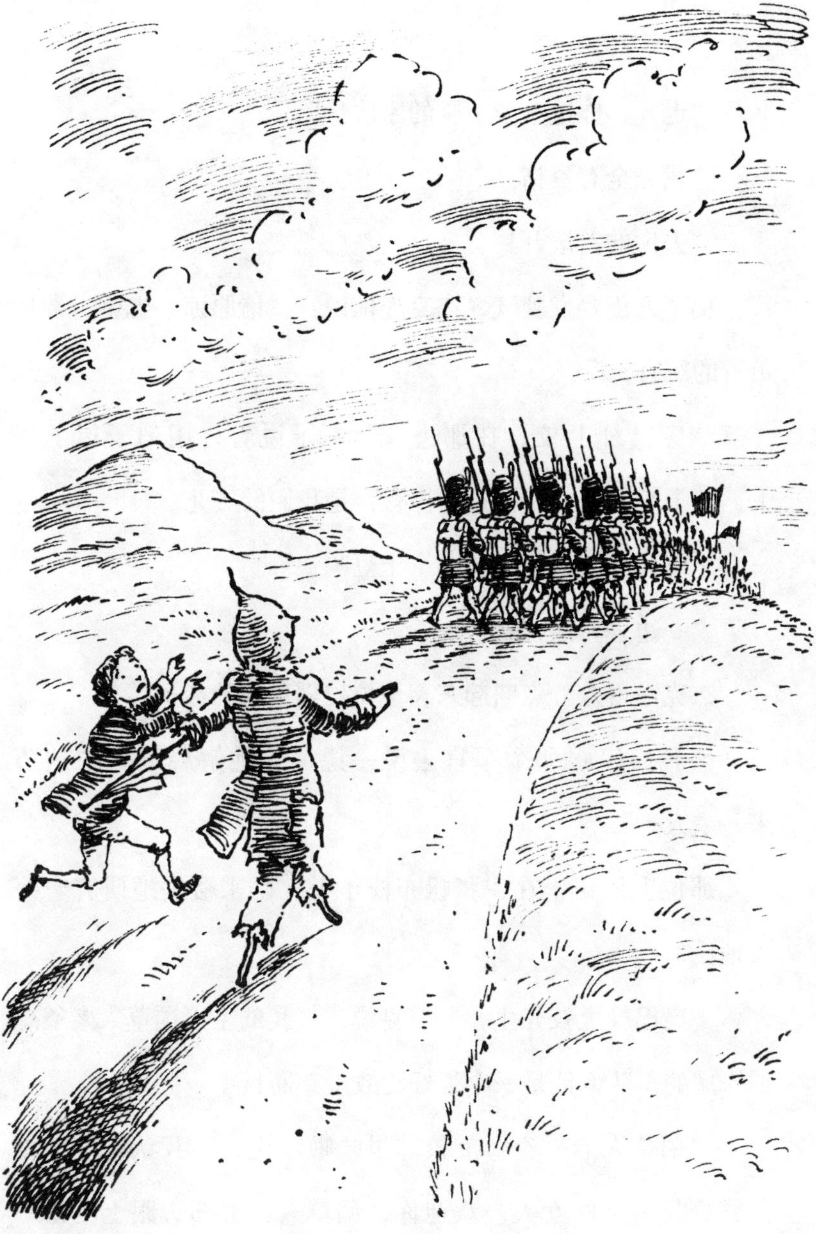

"走开,你这个萝卜脸的家伙!"

"我完全有资格。"

"去你的,滚开!"

稻草人正要发脾气,杰克连忙说:"请原谅,先生,谁是负责的军官?"

"庞巴杜上校,在那边。"厨子说着,用勺子指了一下,"不管怎么说,他是指挥官,是我们的头儿。"

"哦,好的,能给我一个土豆吗?"

"一边去,滚开!"

杰克饿得差一点叫起来,他拉拉稻草人的袖子。

"我们得跟那个军官去说一说,"他解释道,"这边来,主人。"

那位上校正坐在一张帆布椅子上,翻来覆去地研究着一张地图。

"庞巴杜上校先生,"杰克说,"我的主人稻草人老爷想加入您的军队,他是一个很好的战士。而且……"

"稻草人老爷?"上校哇里哇啦地说,"我认识你的母亲,算是一个好女人。欢迎你,稻草人,去那边跟上士说一声,他会选中你的。"

"他认识我的母亲!"稻草人无比敬畏地小声说道,"连我都不知道我的母亲是谁。瞧他多聪明!一个了不起的英雄!"

上士是一个瘦瘦的小个子,脸上皱巴巴的,好像什么东西都见过似的。

"上士,"杰克说,"这是稻草人老爷,庞巴杜上校让我们来此报名参军。"

"稻草人老爷,哦,"上士说,"好的,阁下,在你们参军之前得通过一项考试。"

杰克想,这真是谢天谢地,他们一发现他是一个傻瓜就会让我们走人的,不过我真想尝尝炖肉的滋味。

稻草人已经坐了下来,在他前面摆着一面用来写字的大铜鼓。他看了看试卷,马上拿起铅笔,劲头十足地在纸上乱写乱涂起来。

"要考一些什么样的问题呢?"杰克问道。

"弹道学、航海学、工事学、战略、战术,还有……"上士回答。

"哦,好,我能不能先吃点东西?"

"你怎么会想到这个问题?这儿是煮汤的厨房吗?这是行军中的军队,你究竟是谁?"

"稻草人的贴身仆人。"

"仆人,哼!真不赖,士兵是没有仆人的。"

"庞巴杜上校有一个仆人。"杰克说着,十分忌妒地望了望上校,他和其他几个军官坐在帐外的一张桌子上,正在往嘴里塞炖肉和包子,旁边有个仆人在为他倒酒。

"啊,他是军官。"上士说,"要是没有仆人,他们有几个连裤子都穿不上。"

"他们吃得真不少。"杰克说。

"啊,那还不是为了喊起来的时候声音大。"上士边说边在一张纸上潦草地写了几笔,"把这张纸条带到厨子那儿去,走吧。"

"谢谢!谢谢!"杰克连忙奔回到厨子那儿去,刚好看到排在最后的那个士兵端着满满一盆东西走开了。

厨子仔细地看了看那张小纸条。"运气不好,"他说,"什么也没有剩下来。"

他给杰克看了看那个空炖锅,杰克的眼泪都涌上来了。

那厨子眨了眨眼睛,"那些难吃的东西是不剩了。你躲到里边去,我给你一些伙食团真正的伙食。"

杰克马上冲进车子里,很快就跟厨子和他的两个帮手一起坐了下来,吃起了红酒烧牛肉。量又多,烧得又热,加了胡椒、洋葱,还有切得细细的新土豆、芹菜和香菜,肉汁浓香,杰克觉得自己上了天堂。

他一声不吭地一口气吃了满满三盘。

"谢谢你。"他终于开口说了话,"我能不能带点给我的主人?"

"他正在跟上校吃饭,"那厨子说,"就在你吃的时候,我们得到口信又让送一份军官饭去。这么说来,你们加入了军队?"

"啊,稻草人老爷正在进行考试,"杰克说,"我看他不见得会通过,我最好过去看看。"

"不用着急,"厨子说,"还得有好一会儿呢,他们要喝白兰地,还要抽雪茄。"

"雪茄?"杰克慌了,想到了稻草人身上的干草。

"别担心,"厨子说,"万一着了火,那儿准备了灭火的水桶。"

"军队里样样事情都考虑得很周到。"杰克说。

"哦,当兵是一种很了不起的生活。"

杰克终于也认为有这种可能。他再次感谢厨子,走向那个上士,他正在用刺刀修指甲。

"稻草人老爷考得怎么样?"他说。

"他答错了所有的问题,他根本什么都不懂。"

"这么说来,他成不了一个士兵了?"杰克悬着的心落了地。

"成不了列兵,也成不了上士,一百年也不行。他没有一点点机灵的地方。他只能成为一名军官。"

"什么?"

"稻草人上尉正跟他的下属军官们一起进餐。你要给他找一匹马,给他擦皮靴,洗制服,你要根据他的需要安排你的工作。"

"可是他不知道怎么指挥士兵!"

"那帮军官都不知道。这就是他们要有上士的缘故。

现在，去为你的军官弄一套制服吧，军需官在那边的车子上。"

杰克向军需官说明稻草人上尉需要制服，军需官把衣服和靴子放在台子上。

杰克准备把这些东西抱走时，军需官又说："等一下，他要是个军官的话，还需要一把剑、一顶军官的帽子和一把手枪。"

军官戴的帽子像是一只高高的杯子，上面插着一根白色的羽毛，羽毛的顶端漆成了亮闪闪的黑色。杰克的心沉了下去，他拖拖沓沓走向军官的饭桌，心想一旦稻草人穿上了这一身，就要永远成为士兵了。

"啊，杰克，我的孩子。"当军官们都离开饭桌时，稻草人快活地说，"你听到这个惊人的消息没有？我是一个上尉了，军衔还不小！我考得很出色，他们马上让我当了军官。"

这时他看到了杰克带来的东西，萝卜脸马上喜气洋洋、容光焕发。

"那是给我的？是我的制服？这是我一生中最最快活的一天，我简直无法相信！"

杰克帮他穿上红上衣、白裤子和闪闪发亮的皮靴，然后把两条白色的皮带交叉绑在他胸前，还有一条绑在腰间以防他裤子掉下来。可怜的稻草人完全变了样，一副欢天喜地的样子。

"现在那些鸟休想再耍什么诡计了！"他说着，挥舞起手中的剑，刺向四面八方，"我敢打赌，黑鹂要是看见我这个样子，一定不敢偷走我的脑子了。"

"记住那把剑是用来干什么的，主人。"杰克说，"其实它只是摆摆样子的。你现在待在这儿，我去给你找一匹马来。"

"一匹马？"稻草人喜气洋洋的脸立刻变得紧张不安。

"我会给你找一匹跑得不快的老马。"杰克说。

"他会不会想吃掉我？我的意思是……你知道……"稻草人轻轻摆弄了一下领子上戳出来的干草。

"我看你身上并没有什么草料，主人。"杰克说，"只是一些干草而已,你要让他知道,谁是他的主子。"

负责马匹的蹄铁匠正忙着给一匹驯良的灰色老母马钉马掌,那匹马叫贝特西,最适合让没有经验的人骑。

"稻草人上尉是个出色的战士,他跟土匪、戏子以及各式各样的人都打过架,不过他马倒是骑得不多。"

"那有什么,抖抖缰绳让她往前走,拉拉缰绳再让她停下来。"

"那向左转,向右转怎么办?"

"就让她看着办好了。你刚才说什么戏子?"

"是的,一下子打倒了他们三个。在戏台上。"

"朝乌鸦扔过石子?"

"是的,这个他也干过。"杰克说着,把贝特西牵到稻草人上尉跟前。

"她很大。"稻草人看到马时深表不安。

"她是匹母马,叫贝特西,她已经做好准备让你骑了。把你的脚放进马镫,在这儿,我把你推上去。"

他们试了三回。第一次,稻草人直挺挺地上去,又从另一边直挺挺地倒栽下来,脑袋着地,军帽压瘪。第二次,他倒是想办法待在马上了,只是方向倒了个个儿。第三次他想办法上了马鞍,方向也对头了,不过军帽掉了,剑也丢了,一吃惊,他的伞又打开了。

"待在上面,主人,我来拾那些零碎。"杰克说。

杰克捡起了剑和帽子,一下子就让稻草人看上去威风凛凛。在他们周围,部队拔起帐篷,准备开拔。很快,鼓敲了起来,上士发出行军的命令。

老贝特西竖起耳朵,开始缓缓向前。

"救命!"稻草人叫了起来,拼命地摆手。

"瞧,主人,"杰克说,"我的意思是说,上尉先生,我牵着缰绳,只要我在这儿,她不会跑得太快的。"

因此他们走在行军队伍的后面,在车辆和马匹之后,贝特西保持着不紧不慢的步伐。

稻草人的双手紧紧抓住马鞍。一会儿他说:"顺便问一句，我们这是去哪儿，杰克？"

"不知道，主人，我是说上尉先生。"

"我们出发去跟勃恩第公爵打仗！"另一名少校军官赶上来说。

"真的吗？"稻草人说，"他是什么样的，看来应该是很大很大的鸟吧。"

"我想是的。"少校说。

"他也有一支军队？"杰克问。

"哦，有十几支呢。"

"可我们只有一支呀！"

"啊，撒丁国王的军队会跟我们一起作战。"

"就是说，会有一场大仗要打？"

"那是一定的。"

"我们什么时候跟他们打呢？"

"不知道，他们随时都可能攻击我们。也许会有伏击，这你是知道的。"

那少校纵马走了。

"杰克，"稻草人说，"这一仗……"

"是的，我们都有可能……"

"你能不能找机会，给我弄一些备用的胳膊和腿？万一……你是知道的。"

"我保证我们有足够的备件，不用担心，主人。"

"你知道，对于我的脑子，你说得一点也不错。"他再三向杰克保证，"我一点也不怀念它。"

他们继续行军，走向战斗。

在后面不远的地方，赛考雷里先生赶上了占星家。

"我警告你，"他很严厉地说，"没有许可证算命要受到重罚。关于那个稻草人你都知道些什么？"

那个占星家深深地鞠了一躬，低声下气地说："尊敬的先生，我占卜了一下他的星象，看到了无比邪恶的迹象。那个星系混沌得一塌糊涂。"

"别跟我说这些乱七八糟的东西，浪费我的时间。要不我让你去见司法官。他告诉你什么了吗，他去哪儿了？"

"他说他要去泉水谷，尊敬的先生。"

"他真的是那样说的，他向那里出发了吗？"

"不，尊敬的先生，恰恰相反。"

"他有没有说过要到泉水谷去做什么？"

"是的，阁下。他说他要赚一大笔钱，然后去接手泉水谷。这是他的原话。当然啦，我本来也打算一到最近的警察局就去报告他的行踪的。"

"理当如此。这是我的名片，要是你再见到他，我希望马上得到他的消息，明白吗？"

第9章 战斗

寻找稻草人的不光是赛考雷里先生一个人,稻草人和他的仆人一直在乡下的高地漫游,上了年纪的老渡鸦在蓝天上翱翔。她已经有一百岁了,但眼睛还是跟从前一样尖。她看见一群堂兄弟姐妹的孩子正栖息在山顶附近一棵松树上,立刻飞了下去。

"奶奶!"他们问候道,"五十多年没有见到您了,您一直在忙些什么?"

"闲话少说,"老渡鸦说,"山那边发生了什么事?我们的许多亲戚都从那儿飞来了。"

"士兵来啦,"他们解释道,"有大仗要打。红色的士兵和蓝色的士兵打仗,绿色的士兵明天也要来参加。泉水谷那边事情怎么样？"

"很糟，"渡鸦奶奶说，"而且越来越糟。你们看见过一个稻草人吗？一个会走路的稻草人？"

"这听上去太可笑了，我们曾听一只年轻的黑鹂抱怨过这事，好像就在头几天。他说太不像话了。你找稻草人干什么？"

"闲话少说，你们在哪儿遇到的那只黑鹂？"

孩子们告诉了渡鸦奶奶，她就飞走了。

那天傍晚，在袭击了六个农庄、征收了农夫所有的食物之后，军队在一条河边扎了营。河对面有一片开阔的绿草地，那就是第二天他们要跟勃恩第公爵的军队打仗的地方。

当稻草人跟他的军官兄弟们参加一个高层会议、讨论战术的时候，杰克去帮厨子准备晚饭。

"你们总是这样弄到食物的吗？"杰克说，"就是从农民那儿抢来？"

"那是为了供应军队，他们应做的贡献，"厨子解释道，"你瞧，要是我们不在这儿保护他们，勃恩第公爵就会来抢走他们的一切。"

"这么说，你们不拿走食物，别人就要来抢？"

"就是。"

"哦，我懂了。"杰克说，"晚饭我们吃什么？"

军官们要吃烤猪肉，所以杰克坐下来削了一大堆土豆，干完以后，他在军营里四处游荡，东看西看。

"我们怎么渡河到对岸战场上去呢？"他问一个炮手，那人正在擦一门铜炮。

"那儿有个渡口，"炮手说，"我们只要让马拉上炮，赶马下水，到了对岸再上去就行了。这个我们吃过早饭就去干。"

"勃恩第公爵的军队现在在什么地方？"

"哦，他们还在路上呢。我们会先到那里，这就叫作战略上占领优势。"

"但是如果他们先到达对岸，抢在我们之前，战略优势就是他们的了。"

"啊，不会的。这个你不懂，"炮手说，"走开，我正忙着呢。"

杰克朝那条河望去。河水很宽、很混浊，从前这儿可能有渡口，也可能没有渡口，因为通常有渡口的地方总能看到土坡或土路，从一头下去，又从对岸那一头伸出来。

他又跑去问蹄铁匠。

"不，那儿没有渡口。"蹄铁匠说着拿起钳子夹起一块烧红的煤点燃烟斗。

"那我们怎么渡河呢？"

"在桥上过河，撒丁军队有一架新式的桥，可以移动，全都是最新的机械装置。他们到了之后，一会儿工夫，桥就能架起来，不到半个小时，我们就可以排着队形直接开过去，与敌人交战。"

"哦，我知道了，不过要是勃恩第公爵架起所有的大炮，炮轰我们过桥的队伍怎么办？"

"他不能这么做，这是违背所有作战规则的。"

"但是如果……"

"去，走开，滚蛋。关于桥的事，管住你的嘴巴。那是最高机密，你给我记住。"

杰克决定不再东猜西猜，他要赶紧去收集一些棍子，万一稻草人负了伤,可以给他修理胳膊腿什么的。

又到了吃晚饭的时候,杰克要跟其他仆人到军官帐篷里去听差。稻草人上尉礼貌周到地和邻座寒暄,谈得很起劲儿,还像行家一样小口品着酒。只是吃完饭,军官们吸起鼻烟来,出了点小岔子。正确的方法是用针挑一点在手背上,然后很快吸进鼻子里去,还要想办法不打喷嚏。但是稻草人以前没有吸过鼻烟,他吸得太多啦。

杰克一看,赶紧拿着茶巾上前去,没想到还是太迟了。一声巨响,稻草人爆发出一个大大的喷嚏,制服上所有的纽扣全都崩掉了,他的伞也因受惊吓张开来,身上的干草到处乱飞。这还不算,他的萝卜脑袋松掉了,像一个气球晃晃悠悠地顶在杆子上，要不是杰克及时按住，整个脑袋就要脱落下来在桌子上打滚了。

等稻草人神志恢复过来，他心惊胆战地看着杰克。

"天哪，多么可怕的经历！"他说，"勃恩第公爵在攻击我们？好可怕的爆炸声。一定错不了。"

"只是鼻烟里混进了一点火药。"庞巴杜上校说，"比火药里混进一点鼻烟要好，不是吗？大炮不开火光打喷嚏，那洋相就出大了！"

很快，上士进来通报说上床睡觉的时候到了，杰克帮助稻草人回到他们自己的帐篷去。

"明天将是激动人心的一天，杰克！"稻草人说，杰克让他躺上了行军床。

"一定是的，主人。我最好把这些纽扣缝得牢牢的，以防到时你又闻到什么火药味。晚安！"

"晚安，杰克，你真是一个好仆人！"

两个人都睡着了。等他们醒来的时候，没有任何撒丁军队到来的迹象，倒是勃恩第公爵的军队夜里开来了，在河对面的草地上扎了营，人数可真不少。

"他们有一支规模庞大的军队。"杰克对正在准备早饭的厨子说。

"那都是摆摆样子的!"厨子说,"他们没有大炮,那些大炮都是用硬纸板糊的。不管怎么说,撒丁军队就要到了。"

但是撒丁军队根本没有出现。没过多久,勃恩第军队排出了他们的大炮,炮口直指对岸。稻草人这边的军队里,军官骑着马冲来冲去,挥舞着手中的剑,嘴里"哇里哇啦"喊着命令。而上士正在操练军队,让士兵们沿着河岸急行军,一会儿又让他们掉过头来急行军回去。不少人掉进了河里。

与此同时,炮手们把一门又一门炮排起了队,准备开上那

架著名的神秘大桥，撒丁军队不是马上就要把它带来了嘛！

勃恩第军队一直看着他们，指指点点，哈哈大笑。

"撒丁的军队一来，他们就笑不出来了。"庞巴杜上校说道。

但是撒丁军队还是没有影子。最后到了该用茶点的时候，一个信使骑马奔来，带来了一个令人震惊的消息。杰克就在旁边，他听到上士跟庞巴杜上校所说的一切。

"撒丁国王的信使到了，阁下。"他说，"他们的国王改变了主意，参加了勃恩第公爵的军队。"

"我说，上士，你认为我们应该怎么办？"

"逃跑,阁下。"

"这正是他们所期望的,我觉得这是一个很糟糕的主意。我们恰恰要采取相反的行动,我们要横渡渡口,把勃恩第公爵打个措手不及,我们要给他一次狠狠的打击!"

"很好,阁下。这个渡口,阁下……"

"什么?"

"渡口在哪儿呢?"

"在河中,上士。就在那儿。"

"您说得对,阁下您先下去,在前面带路?"

"你认为我需要这么做吗?"

"通常是这样的。"

"那就冲锋吧!"

庞巴杜少校从马上跳下来,冲出河岸跳入了河里,马上就消失了。其余的人一个也不动,除了杰克。

当他看见稻草人带着浓厚的兴趣看着河里,而庞巴杜的帽子正浮在水面上时,就立刻冲过一排排士兵、一排排长枪,一把抓住了贝特西的缰绳。

这件事情做得再凑巧不过,因为正好这时对岸的勃恩第军

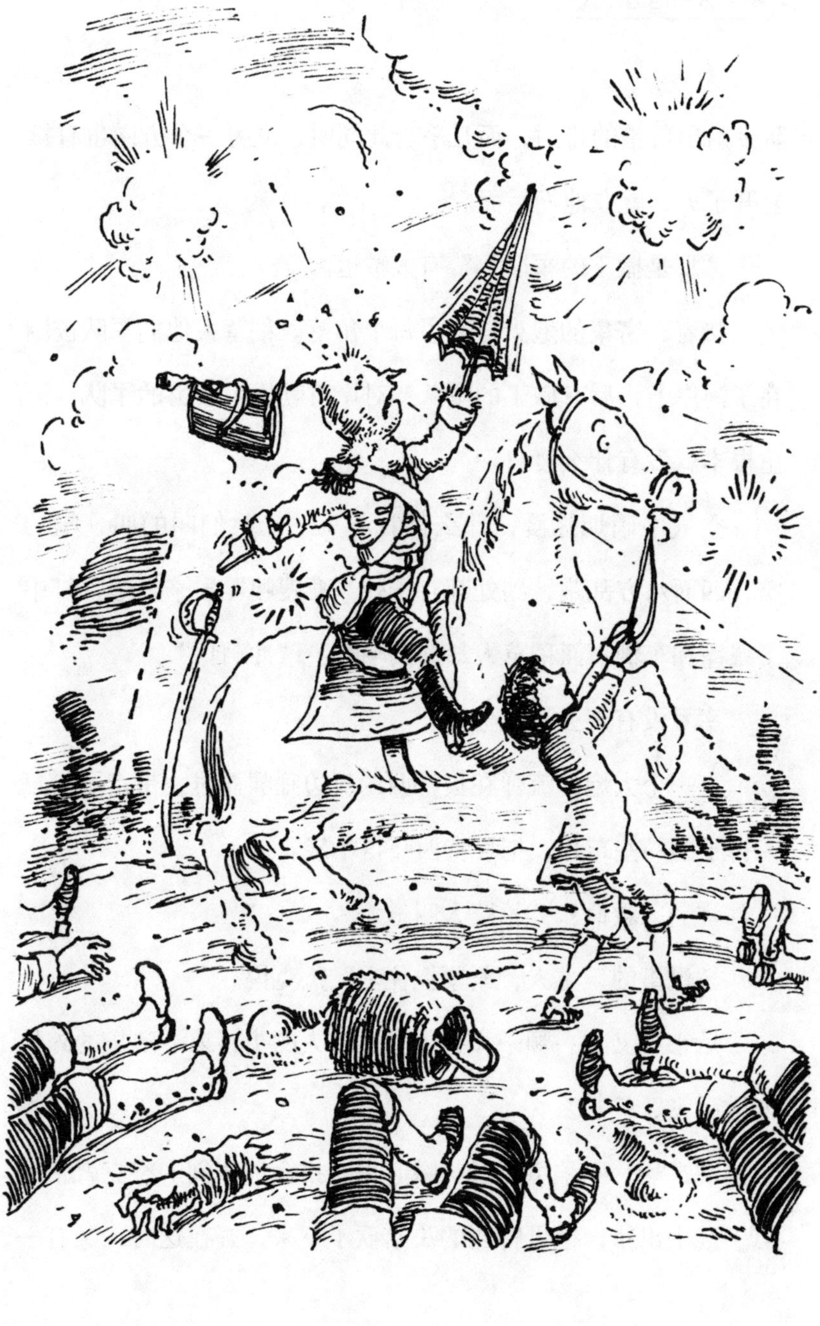

队发射出可怕的排射,而几乎与此同时,从另一个方向也有排射开了火,就在他们后面。

"那是撒丁的军队!"有人喊道。

接着,密集的炮火打遍了每个角落。稻草人他们军队被困在了河岸上,后有撒丁的军队,对岸有勃恩第公爵的军队,河里根本就没有什么渡口。

空气中硝烟弥漫,什么都看不见。士兵们叫的叫,嚷的嚷,四面八方乱跑,到处都有子弹"嗖嗖嗖"射来,炮弹打中了帐篷和车辆,而稻草人却挥剑呐喊:"冲啊!"

幸亏没有人去注意他。

有一个大炮的流弹在贝特西的身边呼啸而过,带走了稻草人裤子的一些布片,把贝特西吓得不轻。

"啊,救命!"稻草人叫道。

"没事的,主人,紧紧抓住。"杰克说。

后来,又有一颗子弹打中了稻草人的头,萝卜脑袋的碎片四散乱飞。

"冲啊!"稻草人又呐喊起来,拼命地挥剑。杰克就怕他万一乱中出错,把贝特西的头给砍了下来,好在这时,又有一颗子弹射在剑上,他一脱手,剑"哐当"一声掉在地上。

"看你干了什么!"稻草人叫道。

他爬下马背,正要直接奔向附近的士兵,跟他们一起作战,忽然停了下来,往一个树丛里张望。

"您在看什么,主人?不能在这里逗留,很危险。"

谁知稻草人并不理睬。他把手伸到树叶之中去,接着,小心翼翼地捧起了一个鸟巢,里边蹲着一只惊慌失措的知更鸟。

"这是不能容忍的行为。"稻草人对那只鸟说,"太太,我代表军队向你道歉。吓唬一位母亲跟她的蛋宝宝绝不是一个士兵的责任,士兵的责任是关心和保护弱小及一切无法保护自己的人和动物。坐稳了,太太。我马上把您转移到安全的地方去。"

稻草人把鸟巢塞进上衣里就出发了。有一颗流弹射掉了他的一条腿,他不得不停下来靠在杰克身上。他们非常缓慢地找路离开了战场,周围到处都有红色制服的士兵在跟蓝色制服的士兵打仗,刀剑飞舞,手枪长枪齐鸣。接着,一些身穿绿色制服的士兵也加入进来,雷鸣般的爆炸声震耳欲聋,呻吟声和尖叫声此起彼伏,长枪的噼啪声、子弹的呼啸声不绝于耳,火焰四起的爆裂声更是惊心动魄。

杰克觉得眼前的情景越来越可怕,他只能闭上眼睛,一手牵着贝特西,一手扶着稻草人,跌跌撞撞往前走,直到最最吓人的声音在后面渐渐退去。

附近有一个树丛,杰克还没有来得及做什么,稻草人已经把鸟巢从上衣里掏出来,那知更鸟还稳稳地坐在里边,他把鸟巢轻轻地放在了树叶里。

"我们到了,太太,"他彬彬有礼地说,"军队向您表示祝贺。"

然后他才倒了下去。

杰克扶他起来,把散落一地的干草塞回他身体里。

"好可怕的战斗!"稻草人说,"轰隆轰隆,哗啦哗啦,刺啦刺啦。"

"瞧瞧您自己的样子,"杰克说,"身上尽是子弹孔,还只剩了一条腿，萝卜脑袋也被削掉了一半，我得给您收拾收拾。您伤得很厉害。"

"没有人比我伤得更厉害了。"稻草人自豪地说。

"别人受这样的伤，早就死了。您得安安静静地坐着。"

杰克战斗前就准备了一些备用的木棍，绑在贝特西的马鞍上，现在他从中挑选了一根最结实的，塞进稻草人的裤腿里。稻草人马上蹦了起来。

"回去战斗！"他说，"我要得到一枚勋章，杰克，我不在乎失去腿，失去手臂，失去脑袋，哪怕一切东西。只要能得到一枚勋章就行。"

杰克正忙着把其余的木棍捆起来，准备做一个木筏。

"行啊，主人，"他说，"要是您有一天回到那个农庄去，没有腿，没有手臂，没有头，也没有脑子，光是胸前有一枚闪闪发亮的勋章，我看扫帚小姐是不会拒绝您的。"

"不要提醒我，杰克！我的心都碎了，在激烈的战斗中我差点忘了。哦，我是多么爱她啊！"

当稻草人在悲叹的时候，杰克给了贝特西一根胡萝卜。

"走吧，老小姐，你能照料自己。"他说。于是，贝特西慢慢地走了,消失在树丛中。

"我说主人,跟我走吧。"杰克做好木筏,"我们还有一个秘密的任务,非常重要,所以你千万别开口。行不行?"

"嘘!"稻草人说,"我一句话也不会说。"

杰克把木筏推入了水中,他和稻草人好不容易爬了上去,不一会儿,他们就顺着河流漂下去了。很快,战斗的声音、受伤士兵的号叫声就在他们后面彻底消失了。

第10章　漂流到孤岛

当稻草人和他的仆人在河上漂流的时候,岸上发生了两次重要的谈话。

一次发生在河岸上,赛考雷里先生正跟稻草人军队的上士在战场的一片焦土上谈话。

"我最后一次看到他,他正冲入战斗,是个好样的。"那个上士跟他说,"作为一名军官,他树立了榜样。"

"你说他是一名军官?"

"稻草人上尉是我见过的军官中最英勇的。可以说他无所畏惧,也可以说他无比坚强。他确实担起了军官的责任。"

"他在战斗中活下来了吗?"

"这个我没法跟你说,因为后来我没有看到他。"

赛考雷里先生望了望周围一片凄凉的景象。

"顺便问一下，谁打赢了？"

"勃恩第公爵的军队，先生，按照晨报的消息。不过现在还说不好，怪就怪撒丁国王在紧要关头临时倒戈，才害得我们吃了亏。"

律师在心里暗暗祝贺他的雇主巴伐洛尼公司，因为他们与撒丁国王有重要的金融利益关系，无疑，他们曾经向国王提起过这件事。

"不过嘛，"上士继续说，"下个月我们还要打一仗进行报复。"

"哦，真的吗？"

"是的，先生，下一次就不同了，因为那不勒斯国王加入了我们这一边。"

律师又记在心上了，准备把这个消息也告诉他的雇主。

"要是你又了解到稻草人上尉的任何消息，请告诉我们。"他说，"这是我的名片，日安。"

另一次谈话发生在一间小农舍的窗子旁。

"嘿，我说你们！"渡鸦奶奶在窗口的天竺葵花坛里叫道。

一位老人和他的妻子坐在桌子旁，他们正在用纸包瓷器，包好后放进纸板箱里。两人非常惊奇地抬起头来看。

"瞧瞧，"那老人对妻子说，"那是老卡洛的宠物，那只逃走了的渡鸦！"

"是的，是我，"渡鸦奶奶说，"虽说你们完全搞错了，他是我的宠物才对，而且我也没有逃走，我是飞出去找医生的，只是太晚了。现在你们别张大嘴巴像两个捕蝇器似的，注意听我说话。"

"你竟然能说话！"老太太说。

"是的，有一件紧急的事。"

"哦，"老人惊愕地大气都不敢喘，"那你就说吧。"

"不久以前老卡洛死了，"渡鸦奶奶说，"他要求你们俩去替他做件事情，你们还记得吗？"

"啊，记得。"老太太说，"他要求我们在一份文件上签字。"

"你们签了吗？"

"签了。"老人说。

"那好，"渡鸦奶奶说，嘴巴又吧嗒了几声，瞧了瞧桌子上，"你们在给这些瓷器做什么？"她问道。

"给它们包起来，"老太太说，"自从巴伐洛尼工厂开工了以后，泉水就都干涸了。我们在这儿再也待不下去了。巴伐洛尼家族的人接管了一切，跟过去完全不一样了。可怜的老卡洛肯定毫不知情。"

"那你们要跟巴伐洛尼家族争斗呢，还是让步？"

"让步。"老头说。

而老太太却几乎同时说："争斗。"

"二对一，"渡鸦奶奶非常严厉地看了老头一眼，"我们赢了。现在听我的，照我的吩咐去做。"

当杰克醒来的时候，木筏漂得很快，水里有许多断树枝、破碎的鸡笼、一两只死狗，还有其他零零碎碎的东西。水很浑浊，有很多污泥。天空中炽热的太阳直逼下来，稻草人却平平静静地望着远去的河岸。

"主人！我们在河里漂了那么远，您为什么不叫醒我？"

"哦，我们取得了了不起的进展，杰克。你绝不会相信我们漂了多远！"

"我看，漂得再远也漂不到泉水谷。"杰克站了起来，手搭凉棚前后望望。

很快，他再也看不到河岸了，他把手伸到水里，而舀起来的水是咸的，根本没法喝。

"主人，"他说，"我们漂进了大海，看来已经完全离开陆地了。"

稻草人大为惊奇。

"真的吗？"他说，"我们不用掏一分钱，什么也不用付?多么聪明的办法!我从来没有想到我们会漂到海上来。一定非常有趣。"

"什么?啊,对,主人。"杰克说,"我们不知道究竟会在淹死之前被饿死呢,还是在饿死之前被淹死。或者是先渴死了。发现自己究竟怎么死,真是很有趣。要是你问我,我说那还不如被大炮轰成碎片呢。"

"你忘了占星家的预言了吗,杰克?别忘了名声和光荣!"

"我以为这些我们已经经历过了,主人。我们现在正陷入危险和困苦当中。"

"但是最后结果是胜利和幸福!"

杰克气过了头,无话可说。他坐在木筏边上,闷闷不乐地看着四周。哪儿都看不到一小块陆地,天空像是一个熊熊燃烧的锅炉。

稻草人看他垂头丧气的,就说:"振作起来,杰克!我可以肯定成功就在前面拐弯的地方。"

"我们在大海上,主人。没有任何拐弯的地方。"

"嗯,"稻草人说,"我要仔细瞭望一下地平线。"

于是,杰克抓住他主人的双腿,稻草人骑在杰克的肩上，用他的伞挡在头顶，在下面东张西望，可看来看去除了一片汪洋就是汪洋一片。

"闷死人了。"稻草人觉得有点失望，"想要吓唬一只海鸥都办不到。"

"但是那些云的样子我可不喜欢。"杰克朝海天交接的地方指了指，"我想一场暴风雨就要来了。不过我得说，也许那正是我们需要的。"

就在他们说话的时候，那些云越来越高，越来越大，也越来越黑，很快就有一股强风吹来了。海面汹涌起伏，样子非常可怕。

"大海上的一场暴风雨，杰克！"稻草人满怀渴望地说，"那是多么壮观的景象呀！大自然中所有令人望而生畏的力量都要在我们头上施展它们的本领了。那儿，你看见了吗？"

一道电光射来，转眼间，最最响亮的炸雷已经赶到，杰克从没听过这么响的雷。紧接着雨就来了，豆大的雨点像子弹一样横扫过来，比子弹还要密集。

"别放在心上，我的孩子。"稻草人在一片喧嚣中大声喊道，"到这儿来，躲在我的伞下！"

"不,主人!把伞放下,说什么也别把伞撑起来!要是闪电打中我们,我们两人就都完蛋了!"

他们俩紧紧贴在脆弱的木筏上,海浪越来越高,也越来越狂暴,天空越来越黑,霹雳一个比一个近,风一阵比一阵猛烈。

接着,杰克感觉到木筏的木棍一根根松开了。

"主人!抓住!别松手!"他叫道。

"这真刺激,杰克!轰隆!噼啪!哗啦!啪啦!"

这时,一个巨浪正打在他们头上,木筏完全散开了。

"哦,不,它散开来了,救命,救命!"

杰克和稻草人掉进了水里,木筏只剩下散开的木棍和一根根绳段,漂在他们周围。

"主人,救救我,我不会游泳!"

"别担心,我的孩子,我可以浮在水上,你要抓紧我,我不会让你淹死的!"

杰克不敢再张嘴,生怕喝下更多的海水。他怕得要死,紧紧靠在稻草人身上,不断掀起的大浪把他们抛来抛去。

究竟漂浮了多长时间,杰克一点概念也没有。但最后暴风雨过去了,海浪平静了下来,乌云也滚滚地远去,太阳又重新出来。杰克由于抓得太紧而浑身发抖,他又饿又渴,非常害怕,这时稻草人说了句什么话,他不得不回答。

"什么事,主人?我听不清。"

"我说,我看见了一棵树,杰克。"

"什么?在哪儿?"

稻草人在水中扭扭身子,站了起来。杰克太惊慌,躺在水中不敢动弹,呆呆地看着主人在他眼前抖掉身上的水,指着前头。

这时杰克才明白过来,他已经不再漂浮在大海上了。事实上他正躺在非常浅的水里,他们到了岸边。

"我们得救了!"他叫道,"我们没有淹死!我们还活着!"

杰克跳起来,蹦到了岸上,高兴得不得了。刚才那又冷又湿又饿的感觉全都不算什么,他一点也不在乎了,他还活着才是最最要紧的!

稻草人正在前头怀着极大的兴趣东张西望。他刚才看见的树原来是一棵椰子树,有一个又大又结实的椰子挂在高高的叶子间。杰克走到主人身边,发现了那个椰子,还发现那儿就只有那么一棵树。

"我们被困在孤岛上了。"他说,"我们遇到了沉船事件。"

"啊,杰克,"稻草人说,"我不知道在这个岛上我们能找到什么。要晓得,人们往往能找到被埋藏起来的箱子,里边尽是财宝。我想我们应该马上开始挖掘。"

"我们最好先找找食物,主人。再多的金银财宝也没法当饭吃。"

稻草人四处打量,这实在是一个很小很小的岛,四面望去都能望到头。杰克估计即使走得很慢很慢,走到另一头也花不了十来分钟。"千万别绝望。"稻草人说,"我要考虑一些事情。"

杰克心想,最好先找淡水吧,趁着还没有渴死之前。因此他在岛的中央四处游荡,在一片片树丛里寻找喝的东西。

但是那里既没有河流,也没有池塘,什么都没有。他找到了一些小小的果实,吃下一个看看有没有汁水,没想到又酸又苦,连忙吐出来,简直就是在浪费他的唾沫,他的唾沫本来就不多了。他仔细观察各种各样的叶子,想看看有没有杯子形状的，也许里边还有头天晚上留下的一两滴露水。但是所有的叶子不是平展展的，就是已经耷拉下来了；不是干枯的，就是细得像发丝一样，再不就是针叶或者带刺的。没有一片叶子上有一滴水。

"哦，天哪。"杰克绝望地叫道，"我们遇到了天大的麻烦。之前还从没遇到过。真是到了山穷水尽的地步，一点也错不了。"

他到树荫底下躺了下来，感觉又饿又怕又可怜，于是就哭起来。他抽抽搭搭、呜呜咽咽地停不下来。他心里明白，他流这些眼泪部分是为了自己，部分也是为了稻草人，因为他的主人就是发现自己的仆人躺在那里死了，变成一副骷髅，还是完全稀里糊涂不知怎么办才好。他会非常伤心，但再也没有人可以照顾他了，他只会在这个岛上东游西荡，一直到倒下去支离破碎。

"哦，杰克，杰克，我亲爱的孩子！"杰克感觉到两只粗糙的木头胳膊正在抱他。"不要难为你自己！活着就有希望，你知道！活着就有希望！"

"我很抱歉，主人。"杰克说，"我不哭啦。你刚才的散步是不是很有趣？"

"哦，对，我刚才发现一个树丛像是火鸡，另一个树丛开一些小花，颜色就跟椋鸟蛋一样，有一块石头大得像一只鸭子。你知道，这个小岛上净是有趣的东西。哦！我还发现了一个小小的地方，就像是泉水谷，不过是缩小版的。"

"泉水谷，主人？我很想去看看。"

"那就跟我去吧！"

稻草人领他到岛中央附近的一小块地方，那里的地面稍稍隆起，几块光秃秃的石头竖在地上，在它们中间有一些小小的空穴，长满了草。

"你瞧，"稻草人说，"农舍在这儿，果园在那儿，这是长葡萄的地方，橄榄树在那儿，小河从这儿流下来……"

"很好看，主人。不过我希望那儿真有一条小河。"

"只要我们动手挖一口井，下面肯定有淡水。我在泉水谷就是这么干的。"

"嗯！"杰克说。

"是的，挖口井！你在那儿挖，我在这儿挖。"稻草人说着，埋头用一根枯树枝刨起土来。

实在没有什么事好干，杰克也找了一根树枝干了起来，他又刨又扒又戳。太阳火辣辣的，干活使他比之前更加口渴了。不仅如此，他那根树枝的尖头很快就插进一块大石头的一角拔不出来了。

石头卡住了杰克的树枝，他必须把那块石头撬起来，而稻草人正快活地在那个微型泉水谷里刨着，一边还哼着歌。杰克用足力气撬那块石头，大石头终于松动了一点，他又撬，又松动了一点。

那块石头看上去有点奇怪，它的一个角完全是方的，更奇怪的是，它根本不是什么石头，而是用木头做成的，不过捆着铁皮。杰克觉得自己的眼

睛越睁越大。那铁已经锈了，木头也朽了，还有一把锁挂在上面。当他去碰的时候，那把锁马上掉了下来。

杰克打开了那个盖子。

"主人！"他叫了起来，"财宝！您瞧！给您说对了！"

那个箱子里装满了钱币、珠宝、奖章、项链、手镯、挂件、耳环、戒指、纪念币，还有各种各样的金银首饰。它们多得在箱子里都放不下了，一打开就从里边稀里哗啦地掉出来，发出很大的声响。稻草人浑浊的小眼睛不管什么时候都是睁不大的，不过这时候它们确确实实是鼓了出来。

"啊，这真是让人惊讶，杰克。"他说。

稻草人捡起一只耳环，在他的萝卜脑袋上摸耳朵，但是那儿根本就没有耳朵；他又捡起一条项链，可他那萝卜脑袋根本就套不进去；因此他又捡起一只金手镯套在那只路牌手腕上，可那手腕直溜溜的，套上去就滑下来。杰克把他的双手深深插进箱子里的钱币和珠宝中，又把它们抓得高高的，让它们从手指缝里漏下来。

"我们铁定成为百万富翁了！"杰克喊道。

可是他的嘴巴干干的，连说话都说不清。

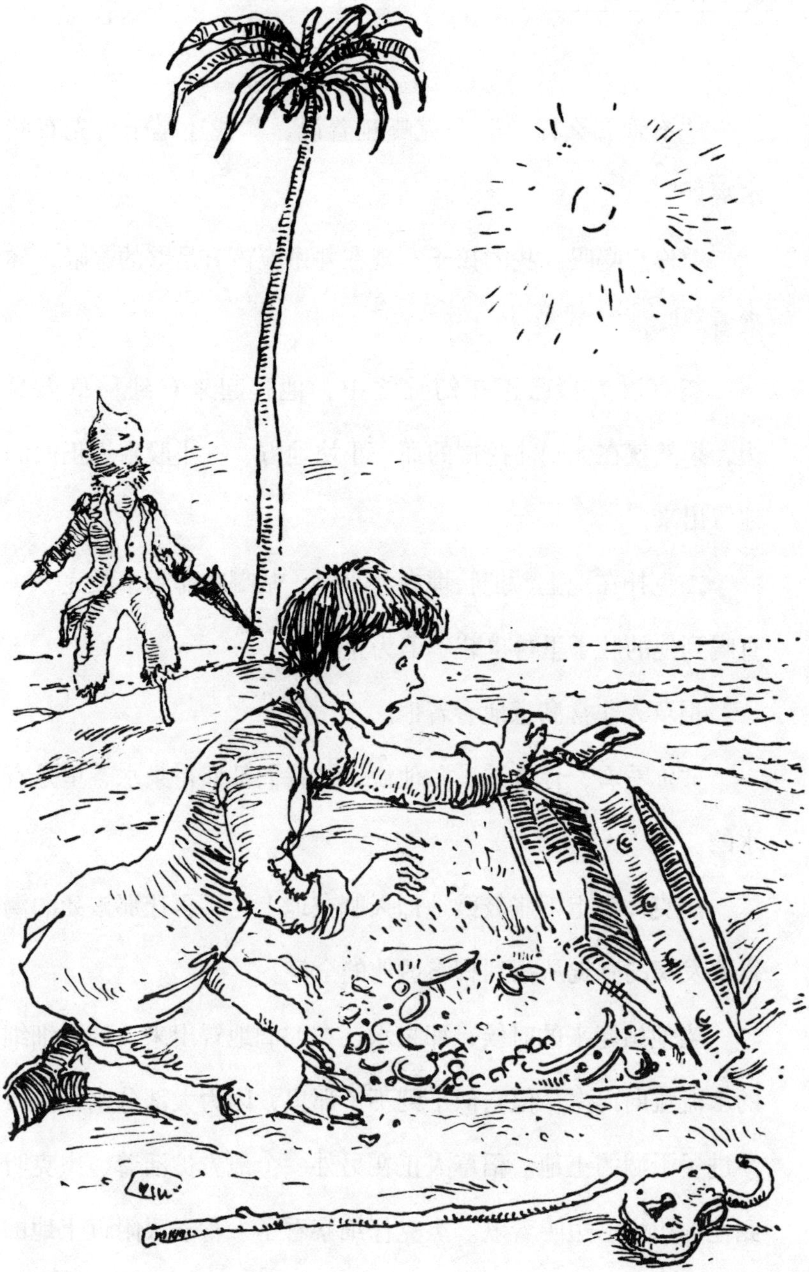

"不管怎么样,"杰克嘶哑着说,"我还是宁可先有些水喝。"

"你想喝吗,我的孩子?现在井里应该有足够的水啦,你来看。"

杰克以为自己正在幻觉之中,他爬起来奔到稻草人身边,果然就在他刚才挖掘的那一小块地方,一小股水流正汨汨地冒出来。

杰克扑在地上,把脸埋在泥水里,咕嘟咕嘟喝个没完,一直喝到他的肚子里再也装不下为止。

稻草人非常满意地看着他。

"你看看,你看看。"他说,"我们都懂得泉水谷里是有水的。"

杰克浑身上下胀鼓鼓地仰天躺在地上,不再让那该死的渴得要发疯的感觉从头到脚渗透他的全身。

当他站起来的时候,那泉水还在汨汨地冒出来,一股细细的水流流向河岸,但它似乎到不了那里,因为大部分水都直接渗进了干涸的土地。稻草人正在另外一个地方忙活着,杰克听到他一边忙一边哼着歌。杰克仔细察看了一番泉眼附近土地的走势,找来了另外一根棍子,开始挖起来。

"你在做什么?"稻草人大声问道。

"我在做蓄水池,主人。您在做什么?"

"给财宝分分类。"回答声传来。

"好主意。"

杰克挖了一个地洞,有他的一条胳膊那么深、那么粗,他把洞里边的土拍光拍实了,然后又在泥土里刨出一条沟来,把泉水引进他新挖的洞里。稻草人好奇地过来看。

"您看,主人,水到了这里,所有的泥都会沉底儿。水就会澄清,没有杂质就适合饮用了。"杰克解释道。

"好极啦!"稻草人说,"这是一项了不起的工程,杰克。"

杰克又在另一边挖了一条沟,水池里的水满了可以打那儿流掉。他们站在那儿看着池子里的水满起来。

"现在你来看看我做了些什么!"稻草人自豪地说。

他做了一个小小的洞穴,是用泥土和石头砌成的,然后用树丛里采来的树脂在洞穴上面粘了许多钻石、珍珠、红宝石和翡翠。他还在地上用金币摆了一个图案,又用银币摆了另一个图案。一些树枝被插在地上，上面挂着一串串项链，像冬天树上结的冰柱一样。

"真好看，主人。"杰克说。

"我还没有开始研究那些钱币上的图案呢。噢，那里的精神食物简直无穷无尽，杰克！"

"食物……"

杰克无限渴望地看了看那棵椰子树，那个椰子还高高挂在树叶之中，好像在嘲笑他。他想把它从脑子里赶出去，现在至少他已经喝了一肚子水了。

所以当稻草人摆弄那个洞穴的时候，他来到岸边走来走去，想看看能不能抓到一条鱼。可是那儿一条鱼也没有，他觉得自己已经饿得有点头昏眼花了。

"也许我能吃掉自己的一个脚指头。"他自言自语道，"就吃一个小的，我不会舍不得的。不过就吃一个脚指头也解决不了问题呀。我需要吃整整一只脚，甚至两只才行。"

他在海边的水里来回地走，心越来越往下沉，痛苦得很。到了中午，他又去水池那儿喝了一肚子水，稻草人让他看洞穴，指出所有的建筑效果和装饰效果。

"你瞧，杰克！你有什么想法？你看出来了吗，我把所有明亮的东西都安排在这里，所有暗淡的东西都安排在那里。我想我要去找一些贝壳，都粘在边上。但是，杰克，我的孩子，你这是怎么了？"

"我很抱歉，主人。我不想向绝望屈服，但是我饿得要死，我想您筑的华丽洞穴可能就是我的葬身之地。这是一个很好的葬身之地，不过我不想死。我不知道怎么办……真的，我不……"

杰克身子一沉，坐在地上，他太虚弱了，再也站不起来。稻草人马上跪在他旁边。

"杰克,杰克,瞧我在想什么!要是那只乌鸦没有偷走我的脑子的话,说不定你还能做一碗豌豆汤。但既然已经到了这个地步,我脑袋的其余部分归你支配,亲爱的仆人,你割掉我一块萝卜脑袋,尽管吃个够吧!"

杰克不想伤害稻草人的感情,因此挣扎起来,拿出小折刀,想在主人的萝卜脑袋上找个地方割下一块来。谁知那棵可怜的萝卜上尽是凹坑和疤瘌,还干得要死,哪里还是什么蔬菜啊?硬得像木头一样,但是杰克还是在后面找到一小块割了下来,塞在嘴里。

"不要整个吞下去,你会噎住的!"稻草人说,"你得多喝水。"

那萝卜根本就没法吃,干得像木头一样,而且苦得要死,要嚼五分钟才能使它软下来吞下去。尽管如此,杰克还是把它吃了

下去，甚至觉得好过了一些。

当他吃完的时候，稻草人已经带着一些漂亮的贝壳从岸边回来了。他们花了一个来小时把它们分类，然后粘在小小的洞穴顶上。后来他们又在洞穴周围挖了一个湖，从那条细流里引来一些水。这些活让他们一直干到太阳落山。这时候，杰克的肚子又空了，不断发出小小的呻吟声，稻草人建议他再来一块萝卜。

但是他的后脑勺已经几乎没剩什么了。因此杰克的晚饭只是一些小小的碎片。就在他抱着空空的肚子想办法睡着的时候，稻草人在月光下游荡，往洞穴的宫殿里贴一块块宝石、金饰和无价的珠宝，使它看上去更加完美，在那个小湖上闪烁着它华美的倒影，就是让一位仙后来居住也没什么不妥的。

第11章 邀请

在早晨醒来以前,杰克做了一个梦。

他梦见自己躺在一片沙子上,听到空中有讲话声。他看不见说话的人,但是声音是喳喳啦啦的,像是一根带刺的旧铁线在洋铁罐的洞孔里拉出来的声音。

"我敢跟你打赌,那个小的太阳下山以前就会死掉。"一个声音说。

"我看那个大的已经死了。"另一个声音说。

"才不会呢。那是一个怪物,这些家伙是永远都不会死去的。"

"这些天我们一直没吃到什么东西,兄弟!"

"我听说大陆上打了一场大仗,我表兄说的,够他们天天开宴会的。"

"我赶到那里的时候都已经结束了,除了骨头还是骨头。"

"那片土地光秃秃的,士兵们已经走了,谁知道他们去哪儿了?"

"嘿,谁知道呢?你听说没有,他们正在泉水谷建造工厂,制造毒药,兄弟,对土地有毒的药。那小家伙是不是已经死啦?"

杰克一直在梦中听着,突然他浑身一激灵,明白过来那根本不是什么梦,就在他上面的棕榈树上落着两只兀鹫。

"走开!"他使出浑身力气大叫一声,声音跟那两个家伙一样嘶哑,"快走,快滚!"

杰克的叫声惊醒了稻草人,他马上跳起来。

"把这事情交给我,杰克!"他嚷嚷道,"这本来就是我的工作!"

稻草人令人毛骨悚然地吼了一声,还几次打开了他的伞,那两只兀鹫果然害怕了,笨重地飞走了。

"我亲爱的仆人,"稻草人回过头来,满怀怜悯地问,

"那两个强盗躲在这儿多久啦?"

"不知道,主人,我听到他们谈话,还以为是在梦里。但愿这真是一个梦——他们说我差不多快咽气了。哦,主人,自从我们到了这里,我一直梦见有人在谈论如何吃我。如今那些鸟真的来了。可我才是需要吃东西的那个呀!"

"再吃一片我的脑袋,杰克。只要我的萝卜脑袋还扛在肩膀上,你就不会缺少营养,亲爱的孩子!"

因此,杰克捯动双脚走过去,又在主人的头上给自己割了一小片,使劲地嚼着,还喝了好多水。现在,稻草人看上去已经伤得不行了,杰克的小刀在他的萝卜脑袋上留下深深的刀痕,那些太硬切不下来的碎片就戳在上面。

杰克坐在那儿啃那块味道苦得

像树根一样的硬碎片,尽量维持更长的时间。稻草人走开去察看他的洞穴,他说他有个想法,想改进一下朝南的一面。但他刚去了一分钟,杰克就听到了愤怒的喊声。

他挣扎起来,急忙去看看发生了什么事情。只见稻草人火冒三丈,又是叫嚷又是跺脚。

"你们这些会飞的魔鬼!你们怎么敢!我要把你们的嘴巴都啃掉!在你们的身体里塞满石子!我要油煎你们!你们这些流浪乞丐,破坏房子的家伙!竟敢蹲在我的洞穴中!快滚!"

"安静下来,主人!您这样会伤身体的。"杰克说,"发生了什么事?"

他跪在地上,朝洞穴里张望。

"哎呀!"杰克叫道。

原来洞穴的正中央有一个鸟窝,一只身上净是小斑点的鸟蹲在里边,正在杰克看的时候,又有一只鸟飞来,带来一条毛毛虫给窝里的那只吃。当她伸长脖子去接的时候,杰克看见她的身下有四只蛋。

蛋,杰克想,有蛋!

"杰克?"稻草人在他后面叫道,"小心,这些魔鬼专门啄眼睛。退到后边去,让我来对付他们!"

那两只身上有斑点的鸟看着杰克,杰克舔着嘴唇,吞着口水。然后他叹了口气。

"我想,"他很不情愿地说,"我想您最好待在这儿,因为有一些蛋宝宝要照顾了。"

他们俩谁都不说话了。

"杰克!"稻草人忧虑地说。

"没事的,主人。"杰克说着站起来,头有点晕,不得不

抓住稻草人靠了一会儿,"他们正在孵蛋。"

"蛋,嗯?"稻草人很严肃地说,"这么说来敌对行为要停止,等蛋孵出来以后再说,很好。"他朝里边喊话道,"里边的小鸟听着,由于你们即将做父母,我不会把你们吓跑。但是这个地方你们要保持清洁,等你们的小鸟会飞了,你们就得离开这里。"

那雄鸟飞出来,落在附近一根树枝上。

"早上好。"他说,"你是干什么的?"

稻草人眨眨眼睛,抓抓他的萝卜脑袋。

"啊,我,嗯……"

"稻草人爵士是做农业生意的。"杰克说。

"非常好。"那只鸟说,"那你是远道而来的了?"

"从泉水谷一路过来的。"稻草人回答。

"好极啦,干得不错!"那鸟说了一句就飞走了。

现在,杰克确定他是产生幻觉了,事实上,他感觉一点也不好。

"杰克,我的孩子。"稻草人说,"你看看能不能调整一下我的萝卜脑袋,我觉得它有点松动。"

"让我们到海岸上去,主人。"杰克说,"这里阳光太强,看不见。那里椰子树下有点阴凉。"

撑在挖土的棍子上,杰克由稻草人打着伞,穿过矮树丛一路过去。天气热得简直无法忍受。

到了椰子树底下,他们大吃一惊,因为一群鸽子唧唧喳喳地飞起来震动了树叶,就在他们飞走的时候,那个椰子"砰"的一下掉在了沙地上。

杰克把椰子翻来翻去,感觉到椰汁在里边来回滚动,他拿出刀子,在底部挖了一个洞,喝光了每一滴椰汁。里边的汁水并没有他想象的那么多,而且有点发臭。

"杰克,我的孩子,救命!"

稻草人脚步踉跄地跌倒在沙地上。想捧住自己的脑袋,但是它东一倒西一歪,就是不肯留在上面。不光是这个,杰克帮他坐在树荫底下的时候还看到,他那根扫帚

柄脊梁骨也已经断裂得厉害了。

"哦，天哪，天哪，主人！你的状况比我还要糟糕。"杰克说，"不过对你我们还至少能做点什么。静静地躺下，我先把你的脊梁骨抽出来，然后把我的挖土棍放进去替代它。"

"这是一个很危险的手术吗？"稻草人虚弱地说。

"一点也不。"杰克说，"只是你不要扭来扭去。"

脊梁骨一就位，杰克就去捧萝卜脑袋。可是天哪，它完全散架了。

现在该怎么办呢？

只有一样东西能代替它。

"只能这样了，主人。"杰克说，"这里有一个新头给你安上去。"然后把那个椰子塞在挖土棍子的尖头上。稻草人马上跳了起来。

他把新头东转转西转转，还拂了拂顶上一撮带刺的毛。说来也怪，出现在椰子上的惊喜万分的表情，跟杰克记忆中萝卜脑袋上的一模一样。稻草人看上去又是他自己了，事实上还要漂亮得多。

"您看上去非常漂亮，主人。"杰克说。

"我也觉得很漂亮！我看我从来没有这样漂亮过。杰克，我的孩子。你真是神奇，千万次地感谢！"

但是刚才走的那段路和炽热的太阳、发臭的椰汁，样样都让杰克受不了啦。

"我能在你的伞下坐一会儿吗，主人？"杰克说，"我从来没有感觉这样热、这样头晕过。"

"当然可以！"

因此，他们并排在一起坐了几分钟，但是杰克的身子坐不直，老是朝边上倒下去，最后靠在稻草人的胸部。他的主人让他靠在上面休息，一直到他睡着。

杰克又一次做了梦，听到两个声音，其中一个是稻草人的声音，说得很平静，但很有力。

"我的仆人靠在我的胸口睡着了，算你走运，要不然我早就跳起来吓唬你了。我不想吵醒我的仆人，你这个无赖可真会挑时候。"

"不，不，你误会了，"另一个声音轻轻的，很悦耳，像是从附近一个树丛里传来的。"我给你带来了一个书面信息，那是全体鸟类大会给你的。"

"全体鸟类大会？"稻草人无比轻蔑地说，"我听都没有听说过。"

"你的无知真是达到极致了。"那鸟说。

"啊，谢谢，不过你休想用拍马屁这招来糊弄我。因为我动不了，就听听你那荒唐的信息吧。"

"那我就念出来。第八万四千五百七十八次全体鸟类大会

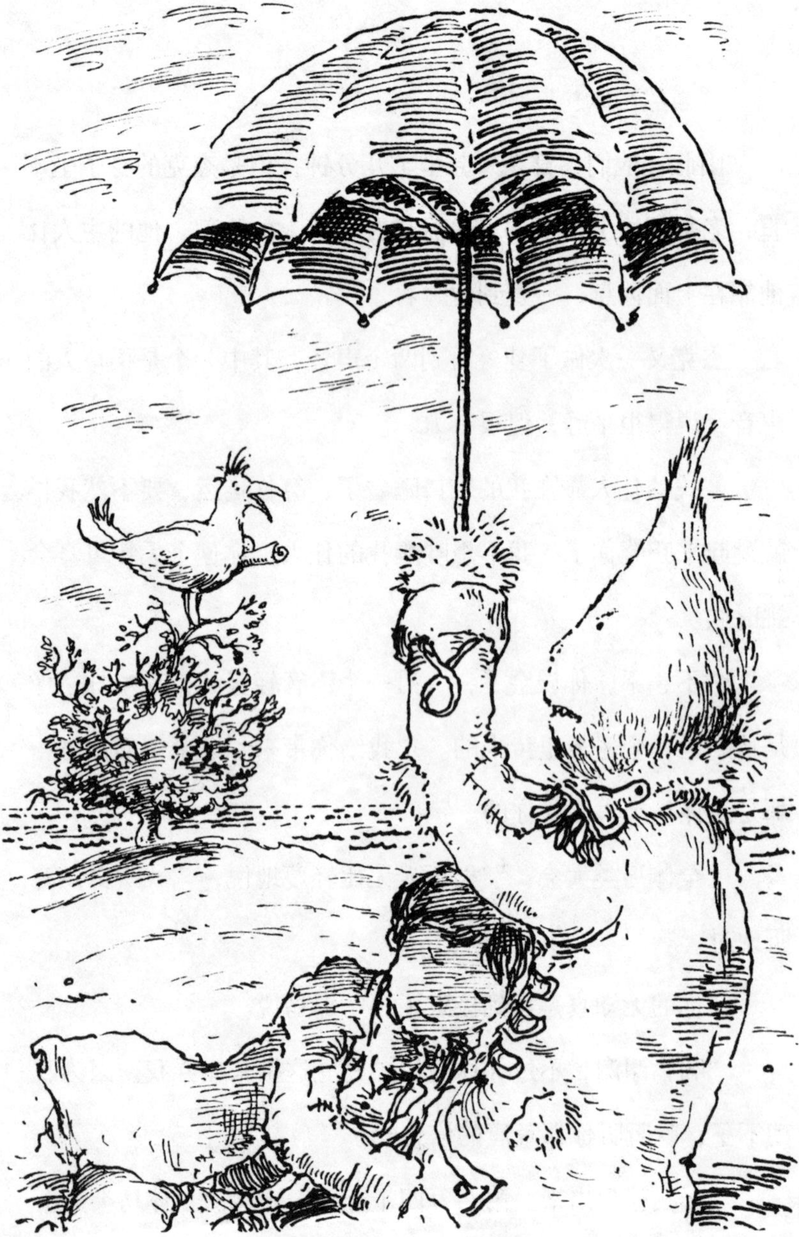

将在这座椰子岛召开,全体鸟类的国王陛下和王后殿下,亲自选中了这里的宫殿。首相代表国会向稻草人爵士致以问候,并邀请他作为主要荣誉贵宾出席会议,接受国会对他的感谢,感谢他献出皇家宫殿,并讨论泉水谷事宜……"

"泉水谷?"稻草人叫了起来,"这都是什么呀?"

"我还没有读完呢。讨论泉水谷事宜,为了我们的共同目标、共同利益,恢复土地的良好功效。喏!"他结束道,"这才是邀请信的全部内容。"

"啊,我很惊奇。"稻草人说,"泉水谷是一个很重要的地方。要是你们想决定它的命运,我坚持我在这个问题上有权发言。"

"那正是我们邀请你的原因!"

"哦,那你为什么不早说?行,现在我懂了。我要带我的仆人一起参加。"

"那不可能。"

"什么?"

"他是一个人。几十万年以前人类还不存在的时候,我们鸟类就已经召开大会了。再说,人类除了麻烦,没有带给我们什么好处,你作为荣誉贵宾,我们很欢迎,因为我们不怕你,但我们都怕人类。而且……"

稻草人跳了起来。

"不怕我!你们怎么敢不怕我!我有一个聪明的头脑,可以跟整个鸟类王国开战!"

他站起身"噔噔"地走开,愤怒地挥着他的手臂。

杰克再也不能闭着眼睛了,他迷迷糊糊地坐起来,在炙热的阳光下眨着眼睛,那只送信的鸟已经飞到远一点的树丛上去了。

杰克赶紧说话:"别飞走,听我说话,别让我主人的态度把你吓跑。稻草人爵士容易激动,他的神经就像是钢琴的琴弦一样。事实上,"他悄悄地加了一句,打量了一下正在远处"噔噔"地走来走去,一边走一边做手势的稻草人,"我看他没有我,是没法处理好一些事情的。他是一个伟大的英雄,这一点毫无疑问,不过某些方面他单纯得像个孩子,他自从被扫帚小姐伤了心以后,一直很绝望,绝望透顶。甚至他的脑子也离他而去了。我来看看能不能让他改变主意。"

"不要耽搁太久。"那只鸟很不耐烦地说。

杰克在强烈的阳光下眯着眼睛,走得跌跌撞撞,穿过树丛走向沙滩,在稻草人看见他之前跌倒了三次,他的主人赶紧朝沙滩奔过来,忘记了他的愤怒。

"杰克,杰克!我的孩子,你病啦?"

"我想我要咽气蹬腿了,但是我给过您许多的忠告,是不是?我对您说过的一些话您觉得有道理,是不是?"

"那是世界上最最有道理的话了,"稻草人热情地回答,"什么话也不如它们有道理!"

"那我就提个建议,跟那只鸟说,您非常感谢,您会去参加他们的大会,这样的话,即使我不能,您也一定能到达泉水谷。"

"你不去吗,我忠实的仆人?"

"我看我是永远见不到它了,主人。我完蛋了,我是这样想的。"

"我永远不会离开你的!你可以去跟那个有羽冠的江湖骗子毫不含糊地说。"

因此,可怜的杰克挣扎起身子,跌跌撞撞地又回到那只鸟那里。

"他说他很高兴接受你们的邀请,他送上对国会和首相的问候。"

"我也是这么想的。"那只鸟说。

"我能不能……"杰克很想说话,但是他已经很难说出话来了,"我是不是猜对了,还是我在做梦?那两只带斑点的小鸟就是全鸟类的国王陛下和王后殿下?他们在洞穴里筑了巢?"

"非常正确。"

"噢,好极啦。"杰克说。

但是,他再也没有力气说话了,因为他觉得自己正在朝一边倒去。接下来,他就什么都不知道了。

第12章 大会

杰克醒来时,发现自己正仰面躺着,抬头望去是明亮的蓝天。他躺在软软的东西上,很舒服,因此,很自然就想到自己已经死了。

但是,天使们吵成一片,他很奇怪为什么没人能告诉他们停止吵闹呢?他们的声音就像是唧唧呱呱的鸟叫声。

鸟!

杰克坐起来,揉揉眼睛,朝四处看看。

他坐在小岛的中央,离水池和洞穴不远,在一棵树的树荫底下,树叶和枝条交织在他头上,在他躺的地方铺了许多树叶,不知是谁这么关心他。他的旁边有一大堆的水果、坚果、浆果。

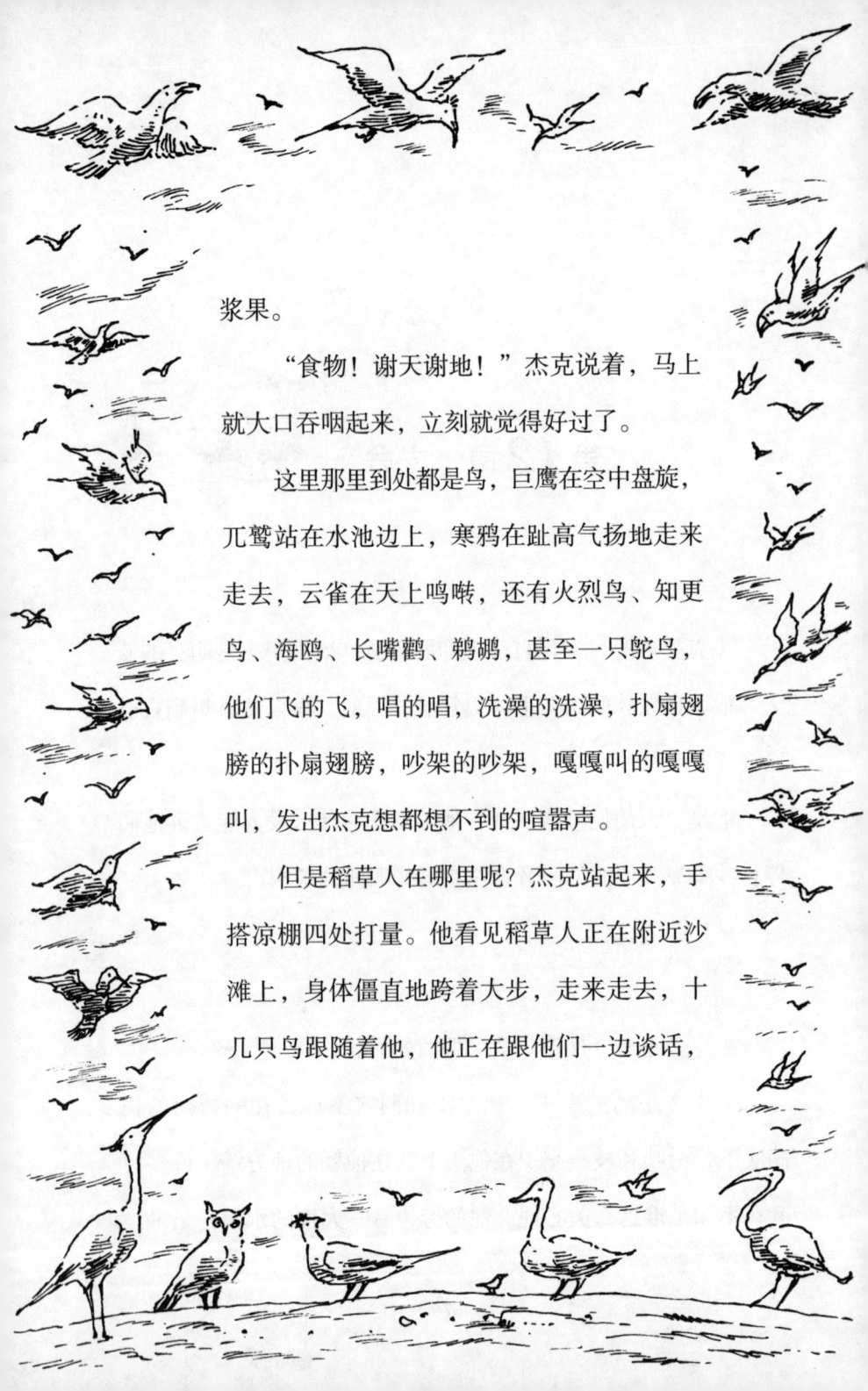

"食物！谢天谢地！"杰克说着，马上就大口吞咽起来，立刻就觉得好过了。

这里那里到处都是鸟，巨鹰在空中盘旋，兀鹫站在水池边上，寒鸦在趾高气扬地走来走去，云雀在天上鸣啭，还有火烈鸟、知更鸟、海鸥、长嘴鹬、鹈鹕，甚至一只鸵鸟，他们飞的飞，唱的唱，洗澡的洗澡，扑扇翅膀的扑扇翅膀，吵架的吵架，嘎嘎叫的嘎嘎叫，发出杰克想都想不到的喧嚣声。

但是稻草人在哪里呢？杰克站起来，手搭凉棚四处打量。他看见稻草人正在附近沙滩上，身体僵直地跨着大步，走来走去，十几只鸟跟随着他，他正在跟他们一边谈话，一边做着手势。

"啊，真是想不到。"杰克自言自语，然后从树丛中出来，想看真切。

"杰克，我的孩子！"稻草人说着，欢天喜地地向他招手，"你终于醒了！你觉得怎么样，我亲爱的仆人？"

"啊，我不知道，主人。"杰克说，身体晃晃悠悠地朝他主人站的地方走去。

尽管那些鸟一点也不怕稻草人，但杰克一走上前去，他们还是四散飞走了。不过这样一来，他跟稻草人的谈话就不会被他们偷听去了。

"我想我还活着，"杰克继续说，"我的胳膊、腿都能动了,我猜我一定没事了。这是怎么回事,主人?这些鸟是打哪儿飞来的?"

"啊,这种事每隔十年有一次。国王和王后挑选一个地方筑巢,于是召集所有的鸟都来开大会。你瞧,非常简单,也实在原始,很适合他们孩子气的想法。他们非常喜欢我们建造的宫殿,不想到别的地方去啦。哦,我让他们帮你躺下来,给你带来些水果、坚果什么的。我说他们要不这么做的话,我就不接受他们的金质勋章。"

"他们要给你金质勋章?那太好啦,主人!"

"是的,他们很激动。你瞧,他们正在召唤大家集合。"

洞穴附近有一棵灌木,在那最高的枝头上,一只苍天燕雀正在大声召唤。所有的鸟都过来了,有的飞,有的昂首阔步,有的摇摇摆摆,有的滑行到他面前的空地上,安静下来,仔细听着。

"各种各样的鸟!"苍天燕雀叫道,"水禽,飞禽,走禽们!欢迎参加第八万四千五百七十八次全体鸟类大会!有请我们高贵的首相宣布大会开始,并欢迎我们的贵宾。"

一只上了年纪的鹈鹕跳上一块岩石,声音深沉而洪亮。

"我宣布大会开始。"他说,"我们有许多紧急和重要的事情要讨论。不过我们首要的任务是愉快地宣布金质勋章的得主,我们过去宣布过许多功勋卓著的人物,但很少有今天这位那样具有各种各样才能的。他不顾个人的安危,爬上高高的石墙,把猫头鹰先生和太太的小鸟放回窝中。他不顾暴乱的危险和追逐,解放了五只朱胸朱顶雀、六只金翅雀和七只黑鹂,他们原来好不可怜,遭到了卑劣的囚禁。他在可怕的战斗之中,冒着极大的危险,把知更鸟伯爵带到了安全的地方。"

许多小鸟都带着钦佩的目光看着稻草人,他站在杰克的身边,椰子脸上带着自豪的表情。

"最后,用他那无穷无尽的建筑才能,我们的金质勋章得主建筑了一座宝石宫殿,让国王陛下和王后殿下在里边筑巢。我很荣幸地报告,四只小鸟今天早晨已经出世,父母和小鸟都非常安康。"

所有的鸟都大声地欢呼。有的还飞上天空快快活活飞了几圈才重新回到地上。

苍头燕雀让大家安静下来。等到鸦雀无声,他又说道:

"现在邀请稻草人爵士走上前来,接受我们的金质勋章,并且说几句。"

稻草人非常庄严地在一排排行注目礼的鸟中移步向前，站在了首相的边上。这时，四只蜂鸟飞过来，在他的头颈上方不偏不倚丢下一条紫色的绶带。于是，那枚金光闪闪的勋章无比骄傲地挂在他破破烂烂的胸口上了。

稻草人清了清嗓子，讲了起来："尊敬的国王、王后和首相！尊敬的各种各样的鸟！"

大家都静了下来，杰克用手指画着十字，为他祷告。

"我非常高兴，"稻草人继续说，"今天站在这儿，接受这个荣誉。过去我们可能有些分歧，你们中间有的可能偷过……"

首相很不赞成地咳嗽了一下，说道："我们别提偷窃的事。稻草人爵士，你只要一般性地提提友好的事情。"

"哦，你想审查我说的话，是不是？"稻草人说，他有点被激怒了，"我必须说，这很让我失望，我到这儿来，是出于友好，给你们面子，接受你们这个微不足道的小玩意儿，而你们却这样对待我——"

所有的鸟全都气得呱呱乱叫，拍翅膀的拍翅膀，摇头的摇头。首相把他的嘴巴弄得唧唧呱呱直响，让大家静下来，这才

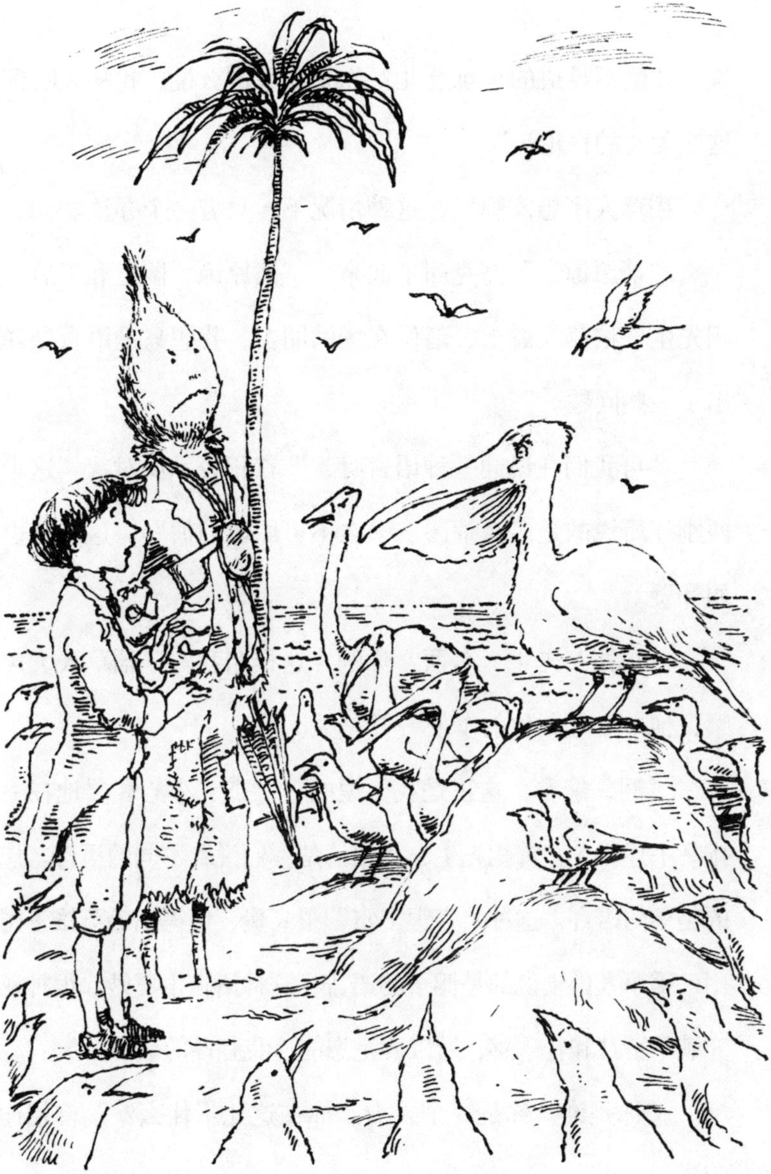

说:"微不足道的小玩意儿?你怎么敢这么说。我从未听到过这么无礼的言论!"

稻草人刚想发脾气,这种情况下,只有一个办法。

"请原谅,"杰克叫了起来,"请原谅,国王和王后、首相先生、稻草人爵士、诸位在场的朋友,我想只是语言翻译里出了一些问题。"

"可我们在说同一种语言呀,"首相表示反对,"这个东西刚才所说的是多么荒谬、多么不可原谅的侮辱。这一点也不用怀疑。"

"东西?先生,东西?你刚才这样叫我?"稻草人大声嚷嚷,他一生气,他的伞便一开一关。

"啊,您看,这正是我要说的。"杰克小心翼翼地在一排排鸟中穿行,"首相先生,我很清楚你们说着不同的语言。您说的是鸟的语言,这种语言很丰富,很高贵,值得羽毛英雄王国使用;稻草人爵士说的是椰子的语言,这种语言很奥妙,很神秘,充满了智慧和音乐感,所以要是您能让我翻译的话……"

"你是谁?你是一个人类。你在这儿干什么?"首相连连问道。

"我？我叫杰克，先生，我只是一个男孩，对了，我不过是一个卑微的仆人。在世界事务遭遇危险的时候，当和平与协作受到威胁的时候，我来提供我卑微的服务。要是您能让我告诉稻草人爵士你们在说些什么，然后再告诉你们他在说些什么，我深信大会一定会很愉快地继续下去。"

"嗯，"首相哼着鼻子道，"那好，你这就去跟稻草人爵士说，除非他为那个不可容忍的侮辱道歉，否则我们别无选择，只能剥夺他的金质勋章，并向他宣战。"

"一定办到。"杰克说着，低低地鞠了一躬。

他转向稻草人，说道："稻草人爵士，首相向您表示深深的歉意，请您把刚才你们说话时的那些小争论，当作是一个小插曲吧。"

"哦，他真是这样说的？"稻草人说，"你可以向他回话，我是一个骄傲的自由的稻草人，不习惯羽毛世界的花花公子们定出来的专制霸道的规矩。我决不服从任何审查。"

"好的，主人。"杰克说。

他转向首相，说道："稻草人爵士表示他最最热情、最最诚恳的祝贺，请求大会考虑到他刚才匆忙的言辞只是过于激动的表现,没有加以修饰,那是因为他一生都对鸟类王国怀有最高的敬意。他请求我补充,这枚金质勋章是他一生中得到的意义最最深刻的荣誉。他还得到过翡翠王国勋章、甜菜根奖杯、防风挑战赛胜利纪念章,此外他还是扫帚柄骑士,不过由于你们这枚金质勋章,所有这些荣誉他都不放在心上了,他打算全心全意在他的余生中都佩戴这块金质勋章。"

"这些都是他说的,真的吗?"首相怀疑地问。

"这就是他们所谓的浓缩的椰子语言。"杰克说。

"是吗?那好,这样的话,我很乐意接受他的道歉。"首相说完,很不自然地向稻草人鞠了一躬。

"首相说他全心全意向您道歉。"杰克对稻草人说。

"这话听上去不像是对我说的。"他的主人说,"事实上……"

"不,他说的是鸟的语言。"

"啊,我懂。"稻草人说,"这是一种多么特别的外交语言啊。"

"这就是为什么你们需要一个翻译,主人。"

"确实是这样。幸亏你能把他们的语言说得这么流利!好吧,这样的话,我接受他的道歉。"

稻草人也硬邦邦地朝首相鞠了一躬。

看到他们相互表现出尊重,所有的鸟爆发出暴风雨般的歌声、叫声、翅膀拍打声、唧唧呱呱、叽叽喳喳、咕噜咕噜。稻草人的反应是容光满面、笑逐颜开,朝四面八方鞠躬。就这样,这个时刻他们一个不落都成了好朋友。不过杰克认为,将来的某些时候,他们依然需要一个很好的翻译。

所有的礼节过后,大会便进行到了讨论泉水谷的事情。有几只鸟报告了巴伐洛尼毒药工厂以及他们改变河道、填井、抽干泉水的事,但是稻草人好像不能集中注意力,他老是坐立不

安,不是挠头就是拉扯衣服。

当会议休息的时候,杰克说:"您还好吗?看上去有点不舒服。"

"我感觉我正在往下漏什么,我的孩子。"稻草人说,"我的干草严重丢失,这让我很难受。"

杰克看了看。"确实,主人,"他说,"什么东西松掉了,塞不紧了。必须得给您弄点新的干草来。"

"你们在干什么?"那只苍头燕雀问道,飞下来察看,"发生了什么事?"

"稻草人的草漏了。"杰克解释道,"我们得多弄点草来把他塞满。"

"小事一桩,交给我们吧!"苍头燕雀说着就飞走了。

"我把要陈干草都取出来,主人。"杰克说,"它们浸透水后又被晒干,全都快碎了,您必须填满新的干草才行。相信我,一会儿就好多啦。"

他把一把把沾满土的陈草、一根根小树枝、一块块破布,以及其他零零碎碎的东西都掏出来——稻草人的身体里塞满了这些东西。

"我觉得很空,"稻草人说,"我一点也不喜欢。我都能听到自己的回声了。"

"喂,不要担心,主人,您很快就会被填满的。那是什么东西?"

塞在干草当中的是一个外面用油布包着的纸包。

"那是我身体里的证明,"稻草人说,"无论如何你也不要丢掉它。"

杰克打开了油布纸包,里边是一张纸,写满了字。

"哦,天哪!"杰克说,"我宁可它是一幅画,上面的字我读不了,主人,您能读吗?"

"啊,不。"稻草人说,"我的教育早就中断了。"

这时候鸟群开始陆续飞下来,一只只嘴里都叼着草、小树枝,或是一块苔藓,在苍头燕雀的指挥下,他们把这些东西牢牢地塞进稻草人的身体里,然后又轮流飞过来把那些东西结实实地织在一起,这才又一只只飞走了。

"填塞得很好,主人。"杰克说,"我把这个东西重新放回去,这样就大功告成了。"

"那是什么?"苍头燕雀问。

"是我身体里的证明。"稻草人说。

"上面说些什么？是关于什么的？"

"不知道，"杰克说，"我们不识字。"

苍头燕雀不耐烦地发出一声响亮的"叽喳"声，飞走了。其余的鸟继续为稻草人填塞，但是身体证明的事已经传出去了，首相亲自前来看个究竟。当那些小鸟飞来飞去的时候，稻草人非常自豪地展示他身体里的证明。

"你们瞧，这是用油布包起来的。"他骄傲地说，"经过了那么多的历险，它还是保存得好好的。我知道它在那儿。"他又补充一句，"这一点我一生都确信无疑。"

"是的，不过它究竟说些什么呢，你这个笨蛋？"首相

问,"难道你这么愚蠢,竟不知道你身体里的证明是什么?"

稻草人想张嘴抗议,忽然记起了什么,看了看杰克,让他翻译。

但是杰克还没来得及说话,一声尖厉的"呱呱"声从后面传来,把他吓了一跳。杰克转身一看,是一只上了年纪的老渡鸦飞下来落在草地上。

她朝首相点点头,首相非常尊敬地鞠躬还礼。

"日安,渡鸦奶奶。"他说。

"啊,那东西在什么地方?"她问道,"那张稻草人身体里的纸。来,让我看看。"

杰克展开来让她看。她把一只大爪子放在上面,静静地读了读。

然后她抬起头来。

"你,孩子。"她对杰克说,"我想跟你说句话,你到这边来。"

杰克跟她到了一个安静的地方,与先前的地方隔开一段距离。

"我听见了你所谓的翻译,"她说,"你是个聪明的孩子,但别过分依赖运气。现在告诉我稻草人的事,什么也别遗漏。"

于是,杰克就把一切都告诉了她,从稻草人在泥泞的田地里叫救命那一刻起,说到头天他饿得昏倒为止。

"很好。"渡鸦奶奶说,"现在有一个大麻烦就要来了,稻草人比任何时候都需要这个证明。把它卷起来,放回他的身体里,别让它丢了。"

"但是为什么,渡鸦奶奶?什么样的麻烦?是不是他又要处于危险之中了?我是说,他像狮子一样勇敢,只是他的脑子有点缺失,您一定明白我的意思。"

"不是那种麻烦。而是法律的麻烦,来自巴伐洛尼家族的麻烦。"

"那我们能逃跑吗?"

"不,你们不能,他们正在追踪你们。不过你们有一两天的优势,因此我们要好好利用。"

"这种说法我一点也不喜欢。"

"还有机会,"渡鸦奶奶说,"不过你们一定要照我的吩咐去做。要抓紧,一刻也不能耽误。"

第13章 巡回审判

渡鸦奶奶告诉他们头一件要做的事情就是回到大陆去。后来才知道这件事情非常容易,有几只住在附近渔港的海鸥发现了一条没人用的船。他们拦住了一群鹅,让他们用不到一天工夫把船拖到椰子岛去了。杰克和他的主人一登上船,那些鸟就按原路拖了回去。那天夜里,两个流浪者又在树篱底下安顿下来。

"谁知道呢,杰克。"稻草人说,"这可能是我们露天休息的最后一个晚上了。不久之后我们就能睡在自己的农舍里了。"

或者监狱里,杰克想。

接下来的事情就是要赶路到贝拉·芳达纳镇上去,那是离泉水谷最近的一个城镇,尽管路途很艰苦,但他们不到一个星期就赶到了。渡鸦奶奶有其他紧急事情要到别的地方去,她说她会在城镇里跟他们碰头。

"你知道,杰克,"当两个人走向集市广场的时候,稻草人说,"我可能对那些鸟有些误会。他们天生非常善良,谈不上有什么脑子,不过充满了好意。"

"那是,主人,"杰克说,"不过请回忆一下,渡鸦奶奶说,她要在喷泉附近跟我们碰头。到了城里,我看你最好少说话,把该说的话都交给我去说。你如果保持沉默和神秘,给人的印象要深刻得多。"

"对,我就是这个样子的。"稻草人说。

一路上,稻草人竟然把他的金质勋章弄丢了十一次,把身体里的证明弄丢了十六次。杰克认为有一个很好的主意就是把证明存放到银行里去,那儿很保险,可以一直放到他们需要用的时候,因此他们用最快的速度赶到了市中心。广场上有一个快干掉的盆子——以前是喷泉,他们在它周围寻到了银行。正当他们准备进去的时候,飞来了一只大黑鸟,落在了尽是稀泥的盆子上,大声"呱"了一下。

"渡鸦奶奶!"杰克说,"您这段时间去哪儿了?我们刚想到银行里去。"

"我一直很忙,"她说,"你们到银行去干什么?"

稻草人解释道:"我们想存放我的证明。不要担心,我们知道自己在干什么。"

"你们真活该倒霉,不过还算走运。"渡鸦奶奶说,"你们知道这个银行叫什么吗?那是庞可·巴伐洛尼银行。"

稻草人垂头丧气地盯着银行看了好一阵。

"这些巴伐洛尼哪儿哪儿都是!"他说,"啊,我们不相信这个银行,那还用说吗。我要自己保管我身体里的证明。它在哪儿呢?它到哪儿去啦?我放在哪儿了?"

"您没有丢,主人。"杰克说,"放在您的草里很安全。但是我们现在干什么呢?发生了什么事?这儿周围有一大堆人。"

"那是巡回审判。"渡鸦奶奶说,"法官来开庭审判。他要审问所有的嫌疑人,审理所有的民事案件。现在他来了。"

就在这时候,市政厅的几扇大门打开了,一个上了年纪的人穿着长长的红袍走在一队拿着权杖和卷宗的人前头,他们后面跟着几个穿着黑袍的人,都是律师,最后出来的是戴着高帽子的镇上的书记官。还有一队警察穿着漂亮的制服护送他们穿过广场,登上法院的台阶。

"很好,你们跟他们进去,行动要快。"

"但是我们进去干什么呢?"

"你到法庭上去登记申请泉水谷的所有权。"

"一个绝妙的主意!"稻草人说,"我们说干就干。"

杰克还没有来得及拉住他,稻草人已经穿过大门,踏上台阶,渡鸦奶奶蹲在他的肩头。

杰克在他后面冲了过去,发现他的主人已经跟一张桌子后面的办事员争吵起来。

"我有权要求审理我的案件!"稻草人说着,用他的伞"砰"地敲了下桌子,"这是一件非常重要的事情。"

"你并没有列入我的名单。"那个办事员说,"你叫什么名字?稻草人爵士?别开玩笑了。走开!"

这两人已经陷入了深深的麻烦之中,有可能会越陷越深。杰克认为他最好过去帮帮忙。

"啊,你有所不知,"杰克说,"这个案子特别紧急,它关系到泉水谷的所有权。这个案子不能拖。要是不解决,你瞧,所有的水源都会干涸,就像外面的喷泉一样。把他列入名单吧,你们不到五分钟就能审定,这样山谷里的水就能安全了。"

"快登记吧!"第一排旁听席里有一个人说,"我想看一个稻草人上法庭。"

"是啊,让他先审,"一个挎着购物袋的女人说,"他有一张和气的脸。"

"他的脸像一只椰子!"那个办事员说。

"对啊,就是一只椰子。"稻草人表示同意。

"快点,把他放在头一个。"人们纷纷说,"这是我们今天唯一的乐子。"

"对,让法官审理稻草人的案子!"

"祝你好运,稻草人!"

办事员别无选择,他在名单头上写道:

稻草人爵士——泉水谷所有权案

他刚登记好,那扇门突然开了,进来一小队警察。领头的是一个瘦瘦的穿着一套黑丝绸衣服的人,是律师赛考雷里先生,他说:

"请等一等。警官先生,请马上逮捕这个人。"

稻草人四处张望,想看要逮捕谁,只见那警察队队长抓住他那只路牌手,想把手铐铐上去。

"你在干什么?放开我!这是违法行为!"他叫道。

"你上去,孩子。"渡鸦奶奶悄悄地对杰克说,"看你的啦。"

"哦,请原谅。"杰克对律师说,"你不能逮捕稻草人爵士,因为他已经列入了法律程序。"

"你说什么?"

"这是事实,赛考雷里先生。"那办事员说着,给他看就要审理的案件名单。

稻草人抖掉手铐,非常轻蔑地掸了掸身上的灰尘。这时铃声响了,召唤所有的人都到法庭里来。赛考雷里先生退了下去,在门边上跟其他律师聚成一堆进行紧急谈话。杰克看得很仔细,他们都凑在赛考雷里先生的肩上,说到稻草人的案子,他们都在笑,满意地点着头。

哎呀,天哪,这可不太好,杰克心里想。

"我说,你们运气很好。"那个办事员对杰克说,"你们要面对的是一位非常杰出的法官,在整个王国里他是最最有名的。"

"他叫什么名字?"杰克问道。这时门又开了,法庭的书记官高叫肃静。

"巴伐洛尼法官先生。"办事员说。

"什么?"

但是要想退出已经晚了,在他们身后,人群争先恐后地蜂拥而入,杰克还看见有许多人窃窃私语、指指点点,匆匆忙忙地在边门进进出出。稻草人和杰克被塞到中间一张桌子后面,左右都是律师。在他们前面,法官的位子高高在上,陪审团鱼贯而入,走进了边上的陪审员席。

法官进来的时候人人都得起立,他对整个法庭鞠躬,人人也都要对他鞠躬。然后他坐了下来。

"我有一点紧张。"杰克小声说,"渡鸦奶奶不见啦,我不知道该怎么办。"

"不,不,杰克。"稻草人也悄悄说道,"要对法律有信心,我的孩子!真理在我们这一边!"

"安静!"那书记官又吼道,"第一个案子。稻草人状告联合慈善改进协会化学工厂。"

稻草人笑着点了点他那椰子头,杰克却举起了手。

"什么?什么?"法官说。

"请原谅,尊敬的法官。"杰克说,"念得太快了一

点，谁是那些联合慈善改进的人？"

"啊，要是说到这一点，"法官说，"你是谁啊？"随后，他笑容满面地对着那些律师，他们都拍着肚子，哈哈大笑，表示欣赏法官闪闪发光的法律机智。

"我是稻草人爵士的法律代表，"杰克说，"我的委托人想知道谁是那些联合的改进者，因为直到今天，他从来没有听说过。"

"我来解释一下，法官大人。"赛考雷里先生不慌不忙地站起来，说道，"我代表联合慈善改进协会，那是一个团体，持有名为联合慈善改进化学工业公司的多数股份，那个公司管理联合慈善改进化学工厂，它们拥有和控制位于泉水谷的几家工厂,有权开采某些矿藏和水资源,这些都是联合慈善改进协会授权的,是1772年根据法令登记的慈善机构,而且是作为一个持股公司运作的。"

"你瞧,"法官对杰克说,"这下完全清楚了,现在静听审案,裁决被告。"

"嗯,好。"杰克说,"啊,法官大人,我想请稻草人爵士作为一个证人出庭。"

那些律师又挤成了一堆,说着一些长长的字眼,像一棵果树旁边嗡嗡作响的黄蜂。稻草人对法庭里的每一个人都在微笑,东望望、西张张,一副踌躇满志的样子。

最后,赛考雷里先生说:"我们并不反对,法官大人,但他要受到交叉询问。"

"稻草人到证人席。"法庭的书记官叫道。

稻草人站起来朝法官,朝陪审员,朝书记官,朝律师和公众一一鞠躬。

"别像鸡啄米似的点头鞠躬,到你的证人席上去!"法官凶巴巴地说。

"像只鸡?"稻草人说。

"那是法律用语，主人。"杰克连忙说。

"哦，那样的话，就没有一点不对头了。"稻草人说着，重新又朝四面八方点头鞠躬。

公众在旁听席上看得津津有味。当杰克开始问话的时候，他们都舒舒服服地坐在自己的位子上。

"你叫什么名字？"杰克说。

稻草人看上去糊涂了，抓了抓他那椰子脑袋。

"回答说稻草人爵士。"杰克连忙帮忙说。

"引导证人！"一个律师叫道。

"记录在案。"法官说，"你，孩子，只限于你提问题，你不许告诉证人该说些什么。"

"好的，"杰克说，"他叫稻草人爵士，顺便说一下，我是他的仆人。"

"而且是个非常好的仆人。"稻草人补充道。

"肃静！"法官叫道，"继续你的询问，至于你，你这个无赖，你给我闭嘴。"

稻草人点头称赞，对每一个人都笑容满面。旁听席上的公众开始咯咯发笑。

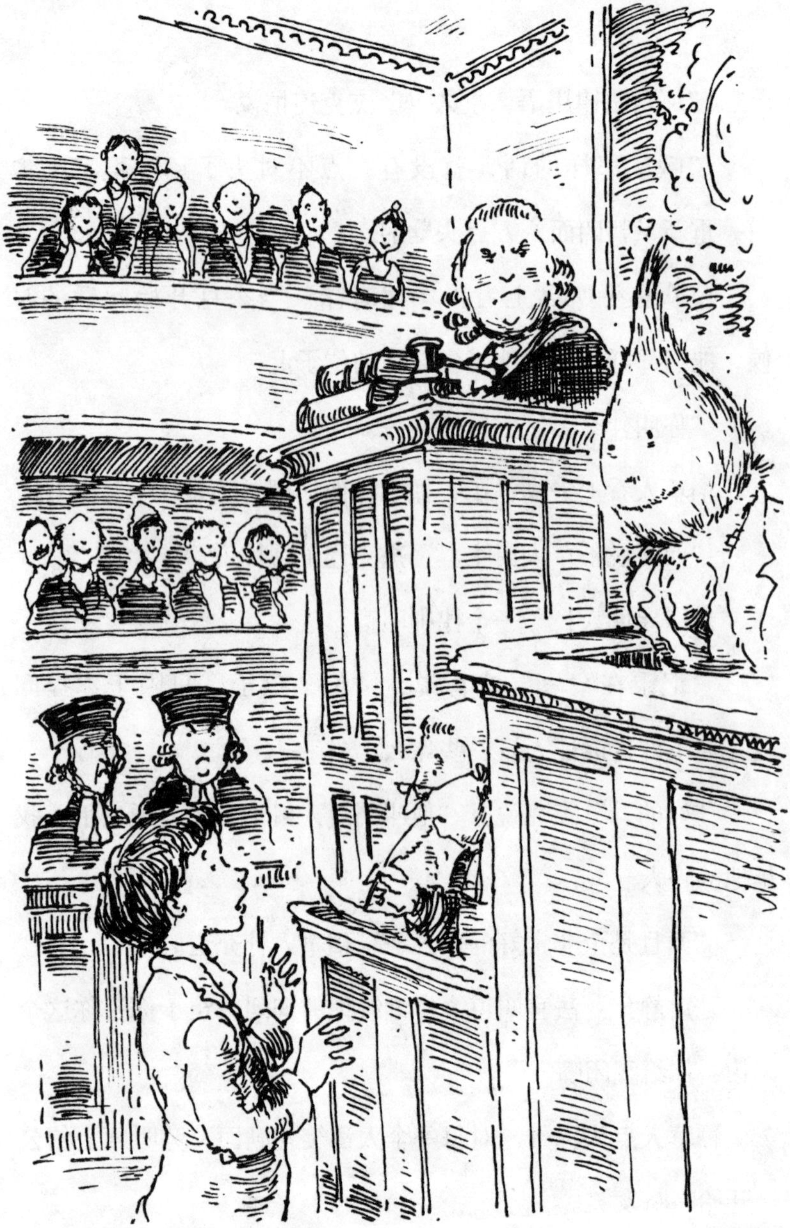

"好吧,"杰克说,"我来问您,稻草人爵士,这个联合慈善改进协会不是泉水谷的合法所有人,是吗?"

"对极啦!"稻草人说。

"那谁是它的主人呢?"

"我!"

"您能证明这一点吗?"

"我希望能。"稻草人不那么自信地说。

边座上的公众哈哈大笑。

"法庭肃静!"法官说着,气鼓鼓地扫视那些公众。当所有的人重新安静下来后,他才对杰克说,"你要是不问到点子上,我就要因为你浪费法庭时间,把你们两个逮捕。你的主人有什么有用的话要说吗,是不是他根本没有?"

"哦,他确实有,法官大人。让我再问一次。"

"你不能继续问同样的问题!"

"只再问一次。我向您保证。"

"那只问一次。"

"谢谢你,法官大人。好,现在继续,稻草人爵士,您怎么知道您是泉水谷的主人?"

"啊！"稻草人说，"我有一个证明，在我的身体里。我一直就有这个证明。事实上它一直藏在这里。"他一边说一边摸索着胸口，"我知道它在什么地方，对了，它在这儿呢。"

"是的，正是这个证明。"杰克说，"法官大人、各位陪审员、女士们、先生们，这张纸确定无疑证明了泉水谷属于稻草人爵士。联合慈善改进协会是非法的。我询问完毕。"

"但是这张纸上说些什么，你这个愚蠢的孩子？"那个法官凶巴巴地说，"让你的委托人向法庭宣读。"

"啊！他从来就没有读过书，法官大人。"

"好，那就你来读。"

"但是我也从来没有读过书。这是一个很大的缺陷，我现在才知道，要是我早知道，就会设法生在一个有钱人家里，而不是生在穷人家里，那样的话我敢肯定，我早就学会读书写字啦。"

"要是你不知道如何读书，"那法官问道，"你怎么知道纸上写着什么呢？我警告你，你这样做是很危险的。"

"大人，"一个律师说，"他要做的就是必须交给大人您，出于法庭的利益，大人可以自己宣读。"

"哦，不行，您不能宣读。"杰克马上说，"按照法庭的原则，您必须回避证言。因此您不行。"

这下事情变得难办了。正在这时，杰克的余光扫到了什么东西，他抬头朝高高的窗子一看，看到了渡鸦奶奶，她正走进来，跟她一起来的还有一只神情紧张的黑鹂。她让他站在窗台的一角，还不许他动。

"不过，"杰克松了一口气，继续说道，"我想我能找到解决这个法律难点的办法，我可以邀请我的拍档渡鸦奶奶来接手这部分案子。"

渡鸦奶奶滑落下来，停在了杰克旁边的桌子上，这引起了公众们极大的兴趣，也引起了律师们极大的惊恐。他们又聚成一堆，然后赛考雷里先生说道："大人，这是完全不允许的，根据规定，一只鸟假扮法律人士是十分荒唐的。"

但是杰克马上说:"我的委托人是一个可怜的稻草人,他的名下没有一分钱,难道土地法光是为富人制定出来的吗?当然不是!这只上了年纪、羽毛不全、破破烂烂的鸟出于好心,自愿做稻草人的法律代表,所以她是稻草人唯一请得起的法律代表。我完全相信,伟大的法庭和高贵的法官大人,一定不会拒绝她所能带给我委托人的一些微不足道的帮助。你们瞧瞧,巨大的财富、雄厚的资源、著名的法律人士,都排在一起反对我们。法官大人、各位陪审员、女士们、先生们,难道贝拉·芳达纳的巡回法庭就没有公正吗?就没有怜悯吗?"

"好吧,好吧。"法官叹口气,他看到旁听席上人人都在点头表示同情,"让那只鸟代表稻草人发言。"

"我也是这么想的。"渡鸦奶奶说,然后又朝杰克悄悄地说了一声,"羽毛不全?破破烂烂?嗯?回头我再跟你算账。"

稻草人带着浓厚的兴趣看着眼前发生的一切。

"啊,那就继续吧。"法官说。

"好。"渡鸦奶奶说,"现在请注意,稻草人,请你走出证人席,在我跟你说话之前,我还想召唤两个证人。皮克里尼先生和太太,请进入证人席。"

那对上了年纪的夫妇互相搀扶着很紧张地穿过大厅,走入了证人席,他们就是在农舍里包瓷器的那两个老人。

他们报上姓名和地址后,渡鸦奶奶说:"请告诉法庭,你们的邻居辞世之前发生了什么事?"

"啊,我们的邻居潘朵尔福先生,"皮克里尼太太说,"他不太好,可怜的人,他把我们请到他屋子里去,我们以为他想让我们去请医生,谁知不是这样的。他只是要我们证明他签署了一份文件。然后让我们也签了名。我们照他的吩咐做了。"

"他有没有告诉你们文件上写了些什么?"

"没有。"

"那你们还认识这份文件吗?"

"是的。当时潘朵尔福先生正在喝咖啡,他溅了几滴咖啡在纸角上。因此纸上留下了污点。"

渡鸦奶奶转向杰克,说:"来,请你把它打开。"

杰克打开了油布包,举起那张纸来。正如老太太说的那样,纸角上有几滴咖啡的污渍。人人都倒抽一口凉气。

律师们马上站起来抗议,但是渡鸦奶奶的嘴巴呱呱作响,声音大得不得了,他们又全都坐下去,静了下来。

"难道你们不想听这份文件说些什么?"她说,"但是别的人都想听听。"

他们又挤作一团,一会儿,他们中有个人说:"我们同意让一个独立的证人宣读这封信。"

"那样的话,"杰克说,"我们提名陪审席上的那位太太。"

他指了指一位身穿蓝衣服的老太太。她看上去很激动,说道:"你要是愿意,我也不介意。"

老太太戴上了一副眼镜,杰克把信交给她。她很快地扫了一下，说："哦，天哪。可怜的老先生。"

于是老太太声音十分清晰地朗读起来：

> 这封信是我亲手写的，我，卡洛·潘朵尔福，神志清醒，可以写信给有关的人。
>
> 我是泉水谷的合法所有者，我有权随意处置它。我选择用以下的方法在我死后安置它的所有权——
>
> 我特别要求所有的泉水、井水、水道、池塘、溪流和喷泉都不要让我的表兄弟们插手，因为我不相信那些巴伐洛尼家的坏蛋，他们无一例外都是无赖。
>
> 我没有妻子，没有孩子，也没有侄女、侄子。
>
> 除了山下的皮克里尼先生和他太太，我也没有任何朋友。
>
> 因此我要做一个稻草人，把他放在果园边上的三亩土地里，我会把这封信放在他的身体里。这封信是我最后的愿望和遗嘱。
>
> 我把泉水谷和所有建筑物，以及所有的泉水、井水、水道、池塘、溪流和喷泉全都留给上面提到的稻草

人。这一切永远都属于他,祝他好运。

这就是我要说的一切了。

卡洛·潘朵尔福

当老太太念完这封信的时候,大厅里一片寂静。

然后稻草人说道:"唉,我不是早跟你们说过,我有一份身体里的证明嘛。"

这时大厅突然喧哗起来。所有的律师同时讲起话来,旁听席里所有的公众全都转动身子问来问去:"你听到了吗?啊,我从来……你听到什么了?他说什么……"

法庭的书记官大叫肃静,人人都停下来,想听听法官会说些什么。但是说话的却是渡鸦奶奶。

"你们都看到了。"她说,"长话短说。这个遗嘱是合法的,见证也很齐全。泉水谷属于稻草人,我们大家都可以……"

"等等,"赛考雷里先生说,"别太匆忙。还没有结束呢。"

第14章 意想不到的证人

人人都在看法官,他脸上的样子足以让杰克觉得他浑身所有肋骨全都松垮下去,跟胃挤在了一起。

"第一证人还要受到交叉询问。"他说,"赛考雷里先生,你可以继续。"

"谢谢,法官大人。"律师说。

杰克看了看渡鸦奶奶。接下来怎么办?但是他看不出那只老鸟的脸上有任何表情。

稻草人又爬上证人席,朝四周微笑连连,赛考雷里先生也朝他微笑。他们两个人看上去像是最好的朋友。

接着律师开始了:"你就是我们刚刚听见的那封信上提到的稻草人?"

"是的。"稻草人说。

"你能确定?"

"绝对确定。"

"没有任何疑问?"

"没有疑问。不管你说到天边去。我肯定我是自己,而且我一向就是我。"

"那好,稻草人先生,让人们再仔细考察一下你的请求,然后再仔细考察一下你本人!"他说着,又朝在座每一个人微笑。

稻草人也朝他微笑。

"比如说,让我们来考察一下你的左手。"律师说,"那是一只很了不起的手,是不是?"

"哦,对,它能挡雨!"稻草人说着很快开合了一下他的伞,法官朝他直皱眉头。

"你在哪儿弄到这样一只漂亮的手?"

"在一个城镇的集市广场上,在那儿我头一次参加历史悲剧《哈里昆和王后狄多》的演出。"稻草人非常自豪地回答,

"那是一场伟大的演出,我头一次登台,演的是……"

"肯定很吸引人,不过我们谈的是你的手,你丢掉了原来的手,是不是?"

"是的。它脱落了下来,我的仆人把这个装上了。"

"很好,很好。现在让我看看你的右手。"

稻草人高高举起他的右手。

"它像是一个路牌,"律师说,"究竟是不是一个路牌?"

"噢,对,你瞧,自从我的仆人给我弄到这个,我变得非常能指路。"

"你的仆人为什么要给你弄一个新的右手?"

"因为原先的那只断掉了。"

"我懂了。因此你的两条胳膊……嗯哼……都不是生来就有的?"

杰克跳起来抗议,他看出来了那律师想把话题引到什么上去。

"法官大人,一些东西调换了,并不能造成什么影响,他还是同一个稻草人。"

"哦,还是有所不同的,法官大人。"赛考雷里先生说,"我们要调查一下,以便确定,当初潘朵尔福老先生创造出来的稻草人现在还剩下多少。要是什么也没有剩下,那么他就是零,就是空缺。泉水谷的产业按照原则,就要交给联合慈善改进协会。"

"完全正确,"法官说,"继续。"

尽管杰克抗议,赛考雷里先生还是讲完了稻草人的整个故事,指出他的每一部分都已经被替换,甚至包括他身体里的干草。

"因此,各位陪审员。"他总结道,"我们很清楚地看到,潘朵尔福创造的那个稻草人,那个他想把泉水谷留给他的稻草人已经不复存在,他的每一个组成部分都已四分五裂,随风而去。什么也没有剩下来。证人席里的这位先生,很自豪他那左手能挡雨,右手善于指路,但他只不过是个骗子,是个冒名顶替的家伙。"

"嘿!"杰克说,"不,等等,等等!"

"肃静!"法官说,"各位陪审员,你们已经听到了一份报告,一个最最不要脸的家伙企图假冒、欺骗、胡作非为和侵吞抢夺，听到这一切是我最大的不幸。你们得退到陪审室里去，下定决心照我吩咐的去做。你们必须裁决被告，决定联合慈善改进协会是泉水谷真正的主人。法庭将……"

"打住。"一个苍老嘶哑的声音说，"刚才那个无赖不是说过什么吗？他说不要那么快，还没有结束呢。"

人人都转过头去看渡鸦奶奶。

"每个人都在听吗？"她问道，"我想应当如此。我们还有三个证人要召唤，不会占用很多时间的。下一个证人是奇沃伐尼·斯屈拉西阿特里。"

杰克没有听说过这个人。所有的人也都没有听说过。律师们挤在一起窃窃私语。他们也不知道怎么办才好，当斯屈拉西阿特里先生带着一本大大的皮封面的本子来到证人席时，他们能做的只是用怀疑的目光注视着他。

"你是奇沃伐尼·斯屈拉西阿特里先生吗？"渡鸦奶奶问道。

"是的。"

"你的职业是什么？"

"慈善登记处的干事。"

所有的律师全都跳起来抗议,但是渡鸦奶奶的声音比谁都响亮。

"停止你们的大惊小怪!"她呱呱地叫,"是你们提到了慈善这个话题,声称联合慈善改进协会是按照法律登记的正当的慈善团体,那就让我们好好地查一查吧。斯屈拉西阿特里先生,你能不能读一读联合慈善改进协会董事的名单?"

斯屈拉西阿特里先生戴上眼镜,打开了他那本大册子。

"联合慈善改进协会董事名单,"他读道,"有吕奇·巴伐洛尼,彼埃罗·巴伐洛尼,费特里哥·巴伐洛尼,西维奥·巴伐洛尼,裘西泼·巴伐洛尼和马赛路·巴伐洛尼。"

"谢谢,斯屈拉西阿特里先生,你可以退下了。"渡鸦奶奶说,"我想提醒法庭潘朵尔福先生关于巴伐洛尼先生们的意见。他在他的信中说道:'我特别要求所有的泉水、井水、水道、池塘、溪流和喷泉全都不要让我的表兄弟们插手,因为我不相信这些巴伐洛尼家族的坏蛋,他们无一例外都是无赖。'"

又有更多的抗议声,法官看上去确实非常苦恼。

"也许你们会说,"渡鸦奶奶说,"潘朵尔福先生冤枉了那些巴伐洛尼先生,你们可以声称巴伐洛尼先生们都是十全十美的天使,但所有这一切都跟遗嘱的要点无关,遗嘱的要点是潘朵尔福先生不想把他的土地归于巴伐洛尼先生们的名下,他确实要把它留给稻草人先生。"

"但是稻草人先生已经不复存在了!"赛考雷里先生大声嚷嚷,"我已经证明了这一点。"

"你谈到的只是他的组成部分,而不是他本身。"渡鸦奶奶说,"因此我拿你自己说的话来驳斥你,假定他是由所有塞在他身体里的东西组成的。我召唤我的下一个证人,黑鹂伯内特先生。"

黑鹂飞下来,落在证人席里。他好像很害怕稻草人,目不转睛地盯着他看。

"你的名字?"渡鸦奶奶说。

"伯内特。"

"告诉法庭,你跟稻草人打过什么交道?"

"我不想跟他打交道。"

渡鸦奶奶的嘴巴吧唧一下,伯内特吓得尖叫起来。

"好吧,我说,我说。只是先让我想想,我的脑子一片空白。"

"赶快让你的脑子清醒起来,孩子。"渡鸦奶奶说,"要不你飞回家的时候,身上的羽毛就一根也不剩了。告诉法庭你跟我说过的话。"

"我怕他。"伯内特说,眼睛还一直瞅着稻草人。

"他不会伤害你的。说你说过的话。"

"既然我不得不说,那好,我就说说。那是在一条什么路上。我的肚子从来没有那么饿过。我看到他从一辆大篷车上下来,砰砰地敲他的脑袋,请注意,那是一个与众不同的脑袋,是一个萝卜脑袋。"

"你别管它是什么脑袋。他在干什么?"

"砰砰地敲他的脑袋,他在自己的头上重重地打。然后有什么掉了下来,然后他跟那个小怪人就弯下腰去看。接着……"

"那是我的脑子,"稻草人叫道,"这么说来,是你这个无赖。"

"肃静!"法官嚷嚷道,"证人,继续说下去。"

"我忘了刚才说到哪儿啦。"黑鹂嘀嘀咕咕地说,"他一嚷我就紧张,我的神经绷得紧紧的,我快控制不住自己了。你不能让他这么嚷嚷。这很不公平,我年纪还小得很。"

"别再抱怨了。"渡鸦奶奶说,"后来发生了什么事?什么从他的头里掉了出来?是什么?"

"那是一粒豆,一粒干豆。"

"那是我的脑子。"稻草人情绪激动地说。

"别让他嚷嚷!"伯内特又叫了起来,连连往后退,"他想打我,他就是想打!他恶狠狠地看了我一眼,一点也没有错!"

"你从我这儿受到的将比这还要糟糕。"渡鸦奶奶说,"告诉法庭,你做了些什么?"

"啊,我想那东西对他再也没有用了,因此我就吃了它,我很饿,"他可怜巴巴地说,"一连好几天我一点东西也没吃过,当我看到那粒豆的时候,我以为他刚刚把它丢掉,因此我就飞下去叼走了。我没有想到它那么重要。那粒豆滋味很不好,非常干。"

"说到这儿就行啦。"

"吃完后我肚子疼。"

"我说够啦!"

"我可能中了毒。"

"你怎么敢这样说!"稻草人说。

"拦住他!拦住他!看见他瞧我的样子了吗?听到他嚷嚷什么吗?救命!他要杀死我!"

"你说够了没有？"渡鸦奶奶厉声喝道。

"我需要补偿，没错。"伯内特说，"我需要法律咨询。我的青春和幸福被毁了，是这样。我再也回不到从前了，我需要治疗。"

"滚回家去，不许再嘀嘀咕咕。要不我给你的某种治疗，会让你记住一辈子。"

伯内特沿着证人席爬过去，到了稻草人跟前，尽管稻草人动也不动，他还是像着了魔一样慌忙退却。接着，他就径直飞向打开的窗子，一溜烟不见了。

"我们的最后一个证人，"渡鸦奶奶说着，很厌恶地看了一眼伯内特离去的方向，"是稻草人的贴身仆人。"

"什么，是我？"杰克说。

"是的，孩子，走上前来！"

杰克走进了证人席，律师们纷纷忙于抗议，法官却疲倦地说："让那孩子做证吧。陪审团很快就会看到都是些什么乱七八糟的东西。"

渡鸦奶奶说："告诉陪审团你们漂流到那个岛以后发生了些什么事。"

"哦，好。"杰克说，"我们留在岛上，那里没有任何吃的东西，我就要饿死了。因此我的主人非常慷慨地让我吃他的头。除了脑子全都让我吃，不过显然那个脑子已经给吃掉了。于是我就吃了起来，一点一点地我差不多把它吃光了，这让我活了下来。后来一只椰子掉下来，我就把它安在了主人的肩膀上，看上去还不错。要不是稻草人爵士慷慨地让我吃他的头，我除了一副骷髅什么也剩不下来了。"

"因此，法官大人，各位陪审员，"渡鸦奶奶说，"这就是我们案子的全部。这个联合慈善改进协会，现在在泉水谷经营毒药工厂，抽干所有的水井，仅仅是为了巴伐洛尼家族的利益。潘朵尔福先生要求泉水谷不让巴伐洛尼家族的亲属沾手，要把它留给稻草人。原来的稻草人唯一留下来的部分现在已经跟黑鹂伯内特和仆人杰克融为一体了,因此为了全体鸟类的利益,我将代表伯内特,他不过是个无能的可怜虫。我们坚持,鸟类王国跟杰克一起,现在是泉水谷真正的无可争议的永远的主人。"

"陪审团还没有听我的结案陈词。"法官说,"他们可以从忘记刚才所听到的一切着手。稻草人证人的证言将予以忽略,因为这些证言更有利于他自己,而不利于联合慈善改进协会,那是一个最最值得尊重的慈善机构,它的理事都是最最诚实、最最正直的绅士,除此之外,他们还雇用了你们绝大多数人。陪审团的女士们先生们,你们知道什么对你们有利,我的意思是说,你们知道你们的责任。到陪审室去吧,决定稻草人败诉。"

"没有必要,法官大人,"陪审团团长说,"我们已经做出了决定。"

"很好!那剩下来我只要祝贺联合……"

"不!"陪审团团长说,"我们认为稻草人获胜。"

"什么?!"

所有的律师同时跳起来大声抗议,但是陪审团团长并不理睬。

"这所有的一切我们都不在乎,"他说,"这是常识,不管他所有的零件是否跟原来一样,他还是那个稻草人,任何笨蛋都看得出来。而且我们从小都是喝泉水长大的,现在要去抽干它……因此我们决定如下,泉水谷由鸟类、稻草人和他的仆人平等拥有。这就是结论,这就是公众的声音。"

旁听席上的公众们爆发出巨大的欢呼声。法官大声叫嚷肃静,但是没人在意。律师们还在争论,也没有一个人理睬他们。

人群把稻草人和杰克高高举起,带到了广场上。渡鸦奶奶落在喷泉那儿,稻草人在那儿做了发言。

"女士们,先生们!"他说,"我衷心感谢你们的支持,我以我的名誉担保,毒药工厂一关闭,我们就让泉水重新流出来,这个喷泉就会喷出清新可口的水,人人都能喝到。"

人群发出更大的欢呼声,但是接着,他们又都安静下来,开始东张西望。市镇厅里出来了一群衣着华贵的人,全都戴着墨镜,神情严肃,径直朝稻草人走来。

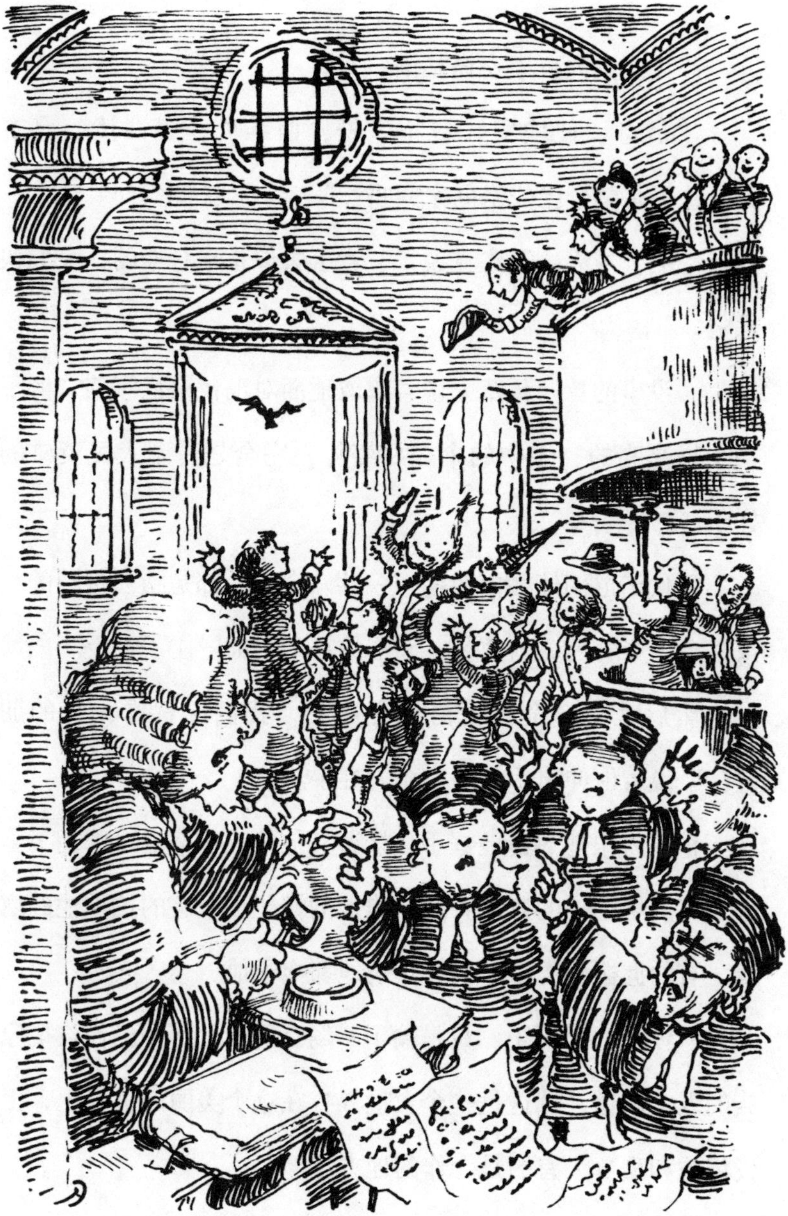

杰克听到人群里窃窃私语。

"吕奇，彼埃罗，费特里哥，西维奥，裘西泼，马赛路，这不是整个巴伐洛尼家族吗？"

"啊，主人。"杰克说，"看上去像是来打架的，我们快逃吧。"

"没事的！"稻草人说着勇敢地面对巴伐洛尼家族，椰子头抬得高高的，手中的伞摆好姿势，完全是一副人民英雄的样子。

巴伐洛尼们停在他跟前，一共六个人，都是膀大腰圆的大汉，个个穿着闪亮的西装。周围的每个人都屏住了呼吸。

然后其中一个巴伐洛尼说道："我们祝贺你，我的朋友！"说着他伸出手，跟稻草人握手。

稻草人跟他热情地握手。接着其他的巴伐洛尼也都拥了上来，有的拍拍他的背，有的撩撩他的椰子头，有的拍拍他的肩膀，有的握握他的手，有的热情地拥抱了他。

"没什么大不了，只是输了一场官司！"那个巴伐洛尼家族的老大说道，"这是一个大世界！在这个美丽的世界上，巴伐洛尼和稻草人有的是合作的地方！"

"祝你好运,稻草人爵士!我们最大的愿望就是为你所有的事业冒险!"

"需要我们帮助的地方,尽管开口!"

"我们尊重一个勇敢的对手!"

"从现在起,巴伐洛尼家族和稻草人是朋友,而且是最好的朋友!"

接着,一个咖啡店的老板拿来一些酒,于是巴伐洛尼们和稻草人为友谊而干杯。欢乐的笑声洋溢在整个广场,很快又有人拿来一架手风琴,一会儿工夫,整个广场上的人群又唱又跳又笑又喝,还抛撒鲜花,稻草人自然是他们欢庆的中心。

第15章 白蚁谋杀

那天晚上,他们睡在泉水谷的农舍里。第二天早晨杰克刚醒来时,就听到他的主人在叫。

"杰克,杰克!快来帮帮我!我的感觉糟透了!"

"没有事,主人。"杰克说着,连忙跑去帮忙,"你昨天晚上喝得太多啦,去散个步,清醒清醒脑子。"

"不,不是因为我的脑子,"稻草人说,"是因为我的腿,我的胳膊和我的背。我中了毒,救救我!"

稻草人的样子看上去的确很糟糕,甚至他的椰子脑袋也显得苍白无比。稻草人刚站起来便要跌倒,躺下去便会呻吟,而且他的胳膊、腿也跟着抽搐起来。

"你在抽筋,主人?"

"可不是，杰克！抽得好不吓人！太可怕啦。我感觉我好像快被生吞活剥了！马上去把医生请来！"

杰克奔到镇上去请医生。稻草人因为上过法庭，现在已经是名人啦。一听说他不舒服，医生拿上他的出诊包马上就赶来了。后面还跟着好几个好管闲事的人。

他们发现稻草人抽得很厉害，可着嗓子地呻吟。

"是什么病啊？"杰克问，"你听他的叫声，情况很可怕！那会是什么病？"

医生拿出听诊器，仔细听了听稻草人的胸部。

"噢，天哪。"他说，"糟糕。让我量一量你的体温。"

"不，不！不要量！"稻草人抗议道，"要是你把我的体温量掉的话，我会更冷的。我现在一会儿冷，一会儿热，这太可怕了。噢，谁也不知道我受的是什么罪！"

"你还感觉到什么其他症状？"

"内心的歇斯底里发作，说不出的恐惧。"

"说不出的恐惧？哦，天哪，这可不是好兆头。害怕什么呢？"

"我不知道。怕马！怕蛋！怕高！哦，哦！我感到好不可

怕!救命!救命!"

稻草人在房间里满世界地蹦来蹦去,像麻雀一样跳跃,像山羊一样跳腾。

"他在干什么,医生?"杰克问,"我从来没有看见过他这样。他要死了吗?"

"很显然,他是给一只蜘蛛咬了。"医生解释道,"跳舞倒是一种很好的治疗,所有的医学权威都这么认为。"

这话给稻草人听到了,他恐惧地瘫倒在地上。

"一只蜘蛛!哦,不,医生,什么都可以,就是这个不行!我会绝望得发疯的!"

"你最好继续跳舞,主人。"杰克说。

但是可怜的稻草人一步舞也跳不了了。

"不,我动不了啦!"他叫道,"我身体里的力气都抽干了。说不出的恐怖从头浇下来,到了我的脚指头了……"

"让我给你把把脉。"医生说。

稻草人伸出他的左手。那医生一抓住他的手腕,那把伞一下子就打开了,吓了医生一大跳,惊慌地连连后退。

"试试另一只手。"杰克说,"来,主人,你指指什么东西。"

医生一只手拿着稻草人的路牌,另一只手拿着一只很大的银表。杰克看着稻草人,稻草人看着医生,医生看着那只大银表。

一分钟以后,医生庄重地宣布:"这个病人根本没有生命迹象。"

稻草人发出一声刺耳的尖叫。

"噢,不,我死了!救命!救命!"

"你不可能就这样死了,主人。"杰克说,"只要你不吵闹就死不了。有办法治吗,医生?"

"天哪,这是一个很难办的病例,一个不太好治疗的病例。确实是这样。"

"什么意思?"杰克和稻草人一起问。

"我不得不开刀。请躺到床上去。"

可怜的稻草人吓得浑身发抖。

"你是不是先让他睡着会比较好?"杰克说。

"当然,我会的。"那医生说,"老天,你竟把我当作一个江湖医生?"

因为江湖医生跟鸭子同音,稻草人一听到这个字,就到处寻找鸭子。但是医生拿了一个橡皮槌子在他的椰子头上敲了一下,稻草人立刻就昏过去倒下了。

"现在怎么办?"杰克问。

"脱掉他的衣服。"医生回答,"把刀子递给我。"

人人都屏住呼吸,伸长了脖子走近来看。杰克解开了稻草人的上衣,打开了他的衬衫。干草从每一道口子直挺挺地戳出来，他那可怜的木头脖子也从顶端露了出来。

稻草人静静地躺在那儿，杰克以为他一定是真的死了，在医生还没有做什么之前，他就扑到稻草人身上，又哭又叫。

"啊，主人，不要死！千万不要死！没有你我不知道该怎么办！千万不要死！"

他又哭又号，紧紧贴在可怜的稻草人身上，谁也拉不动他。有几个站在旁边的人也哭了起来，不久整个房间里尽是哭泣声、哀叹声，人人都泪流满面。甚至医生也在找手帕，用力地擤他的鼻子。

那些鸟听到了消息，周围所有的田野里响彻了哀叹声，所有草丛和树枝上也都充满了悲啼声。

"稻草人死了！"

"他给毒死了！"

"他给暗杀了！"

但是最最响亮、最最悲痛的号叫声却来自泉水谷那间农舍里，在那里，医生、杰克和所有镇上的人都聚集在稻草人的周围。但是那声音并不是来自那些人的，而是来自稻草人自己。因为哭闹声终于把他吵醒了。

他从床上跳下来,叫道:

"噢,噢!我要死啦!我中了毒!哦,那是世界上多大的损失啊!背叛!暗杀!谋杀!哦,杰克,我亲爱的孩子,他还没有给我开刀啊?"

"他刚刚要开刀。"

"噢,噢,噢!我好怕呀!歇斯底里的发作在我的脊梁骨上蹿来蹿去!我觉得有上百万个小小的魔鬼在啃我!噢,噢,他们到了我的腿上,我要四分五裂了,杰克!救命!救命!"

稻草人恐怖地绕着房间奔来奔去,医生跟在后面,想用橡皮槌再打他一下,让他重新昏过去。杰克跟在他们后面收集掉在地上的东西——从他裤腿里掉下来的绳子、木头和好多好多草。而其他人都在哭泣呜咽。

这时,杰克听到好不响亮的"呱"的一声,抬头一看,顿时放下心来。

"渡鸦奶奶,谢天谢地您回来啦!稻草人爵士生了病,医生说……"

"别去管医生。"她说着落在窗台上,"稻草人不需要医生,他需要的是一个木匠。因此我去找来了一个,他来了。"

进来了一个老人,穿着木匠的围裙,带着一袋工具。

"静一静,稻草人爵士,"他说,"让我看看你。"

"他是我的病人。"医生说,"站一边去!"

"我需要另一种诊断。"稻草人叫道,"让他看。"

杰克帮他重新躺到床上,木匠戴上眼镜,仔细察看稻草人的双腿,又看了看他的脊梁,也就是杰克给他换上去的那根挖土棍。他用一支铅笔轻轻地敲了敲,在四周摸了摸,还朝那块路牌上下看了几遍。

然后他站起来,表情非常严肃。屋子里一片寂静。

"按照我的职业意见,"那木匠说,"这位绅士患的是木蛀虫啃咬急症。"

稻草人发出一声可怕的尖叫,人人倒抽一口冷气。

"要是我没有弄错的话,"木匠继续说,"塞在他里边的东西里生了白蚁,他的脊梁里还感染了报死虫。"

稻草人绝望地看着杰克,向他伸出了手。

"他还有救吗?"杰克问。

"他需要马上进行移植手术。"木匠说,"他需要一整根新的脊梁骨,身体里也需要彻底清洁。注意,他这是最近才感染上的,这非常可疑。按照我的职业意见,所有这些报死虫、白蚁和木蛀虫都是从他脖子里撒进去的。"

"那些巴伐洛尼!"杰克叫道,"他们都挤在他周围,拍他的背!这是暗杀!这是谋杀!"

稻草人吓得瘫掉了,他能做的只有躺在那里呜咽。

杰克急急慌慌地跑遍了整个农庄,为的是寻找一根合适的扫帚柄,但是他能找到的不是已经感染了木蛀虫的,就是中间开裂的,再不就是腐烂变软的。

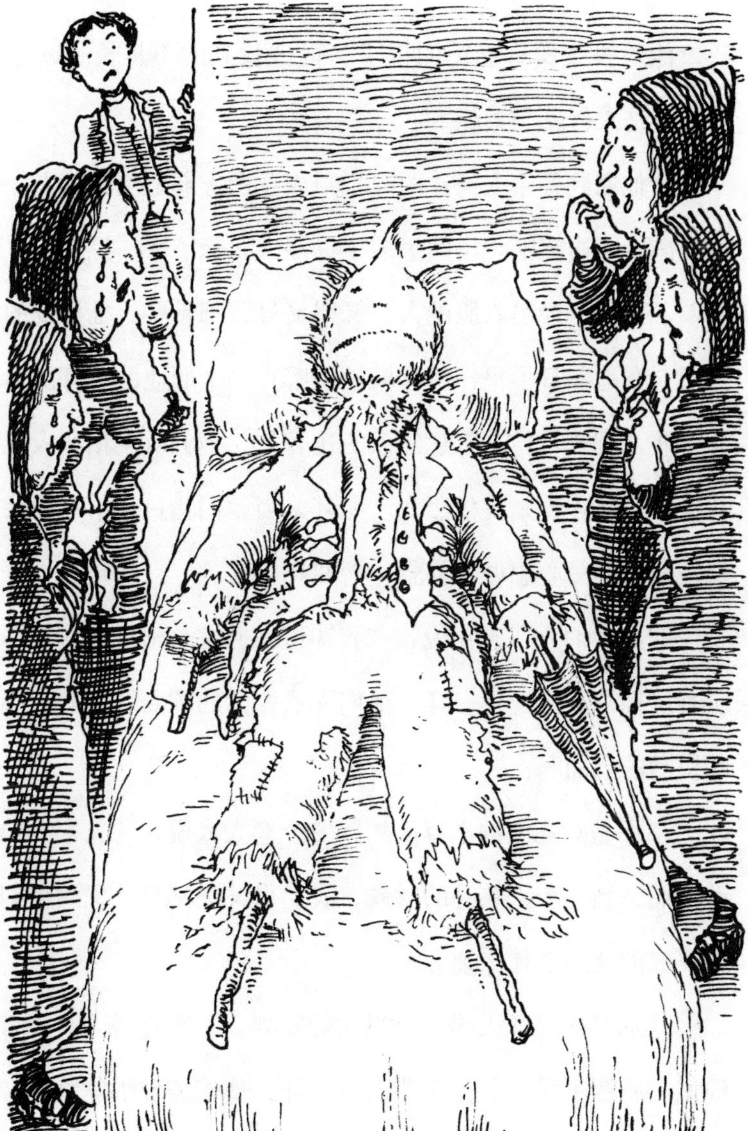

他还去找所有能用的棍子,但他找到的不是长了就是短了,不是太弯就是太脆。

当他回到稻草人身边时,稻草人苍白虚弱地躺在床上,一边抽搐,一边呜咽。房间里多了许多人,除了头一批客人,还加入了一些身穿黑衣服的人,又哭又号,都是些拉扯头发的老女人。在那些日子里,每座城镇里都有一个职业的送葬队,眼前这些人就是贝拉·芳达纳镇的送葬队。她们听说稻草人就要咽气了,就连忙来提供服务。尤其是当她们错过了给老潘朵尔福送葬后便一心想做出补救,捞回点好处。

"太太们,"杰克说,"我知道你们都是出于好意,不过所有的稻草人情况不一样,他们喜欢快活的歌曲,你们能唱一些快活的歌曲吗?"

"那是对死人的不尊重!"一个老太太说,"人家一向告诉我们,当一个人临终的时候,我们得又哭又号,提醒他们马上要去的是一个什么地方。"

"那的确对死人是一个很大的安慰。"杰克说,"我肯定他们会感激不尽。但是稻草人不一样,他们需要唱歌跳舞,讲笑话讲故事。要不然的话,你们还是都回家去吧。"

"嗯哼。"那个最老的老太太回应道。后来，杰克找来了一瓶潘朵尔福先生最好的酒，请她们喝，她们这才同意试试唱歌跳舞，只是要看看到底行不行。

"哦，杰克。"稻草人悄悄说，"我并不留恋这个世界。"

"嘿，振作起来，主人。这个世界还不算糟。你现在躺在床上，在您自己的房子里，在您自己的农庄里。想想您可能一直困在泥泞的田里，可能粉身碎骨躺在战场上或者浮在海里，让鱼群一小口一小口地啃咬。现在这儿有干净的被单，有那些好心的太太为你唱歌，人们在到处为您寻找一根新的脊梁骨。啊呀，主人，你说什么也别死！呜，呜，呜！"

可怜的杰克又开始又哭又号，扑在稻草人的怀里，完全不顾有沾上木蛀虫的危险。

这时，那些老太太开始来劲了。她们又唱又跳，先是《跳起绳来》《吹短笛的老爷爷》，后来又唱到《拍拍手》。但是杰克的悲号和哭泣又让她们跟着一起号啕起来，后来稻草人本人也加入进来，哭声震天，闹成一片，根本听不见渡鸦奶奶和木匠又回来了。一直到几十只鸟飞在他们头上，渡鸦奶奶可着嗓子"呱"地叫了一声，他们的哭号声才停止。

"我们弄到了一根扫帚柄。"木匠说,"很棒,很结实,是渡鸦老奶奶给我们找到的。现在我跟医生马上给他移植。人人都从手术间里出去,为的是我们要集中精神,也为了卫生。手术过后,稻草人爵士也需要静养复原。这段时间里你们就为他祈祷吧。"

因此所有的居民都离开了房间,医生和木匠在杰克的帮助下,拆掉了虫蛀的旧脊梁骨,掏空了染上虫病的干草,然后轻轻地、细致地插入渡鸦奶奶找来的新扫帚柄,又用从谷仓里拿来的新鲜干草把稻草人紧紧包了起来。

"啊,"当他们结束以后洗手时,医生说,"我们做了医学上所能做到的一切,现在就要靠老天的力量了。让病人保暖,药膏一天确保涂两次。要是一切顺利的话……"

"杰克,我的孩子。"他们后面传来一个熟悉的声音,"我感觉自己已经好得多啦!我相信我能来一碗汤了。"

第16章 泉水谷

他们从来没有去起诉巴伐洛尼们企图用白蚁进行谋杀这件事,因此这个案子就永远悬在那儿了。不过他们也再没有碰到来自巴伐洛尼家族的麻烦。

毒药工厂关闭了,后来作为一个矿泉水工厂又重新开张。泉水谷现在非常有名,所有招待贵宾的餐厅菜单上都有泉水谷的水。

他们清理了土地,净化了所有的沟渠,打通了堵塞的排水管。现在,市镇广场的喷泉日夜不停汩汩流淌着上好的泉水,孩子们在池塘里赤着脚玩水,鸟在水池里洗澡。泉水谷的水流到家家户户,家家户户都有三种不同的龙头——冷水、热水、晶亮带泡的水。

说到稻草人，他可是比最最快活的人还要快活。渡鸦奶奶替他找到扫帚柄，给他移植上去救了他命，很久以前他爱上的也正是这把扫帚。她的未婚夫抛弃了她，爱上了一把鸡毛掸子。她很悲伤，被人遗弃后又从这人手里转到那人手里，她一直在悲叹错失了向她求过婚的忠诚的稻草人。当他们两个发现他们结合在了一起，那个幸福就圆满了。

稻草人整天都消磨在泉水谷里，跟杰克的孩子们玩耍，发出嘘声赶走贪吃嫩苗的小鸟，享受新鲜的空气。不过他嘘走小

鸟只是把他们赶到放在谷仓后面的一个特殊鸟食箱那里去,不但如此,他的上衣口袋里总有一只鸟窝。那些小麻雀、知更鸟都排着队登记,争取这个光荣。要是他们把蛋生在里边,稻草人跟他的伴侣扫帚柄都会特别高兴。

"杰克的孩子们?我听见你说。"

是的,几年以后,杰克长大了,也结了婚。他的妻子叫罗西娜,他们的孩子叫罗伯特、居里埃塔跟玛利娅。他们快活得像跳蚤一样。渡鸦奶奶是孩子们的教母,她决不容忍他们的任何胡闹,但他们都非常爱她。

到了冬夜,风在屋顶上呼啸,大家围坐在火炉边分享美味的汤,孩子们在炉边玩儿。稻草人跟他的仆人谈起了他们的冒险,都很庆幸他们有机会在一起。杰克一口咬定从来没有一个仆人有过这么好的一个主人。稻草人也肯定地说,在这整个世界的历史上,从来没有一个稻草人拥有过一个这么忠诚的仆人。

译后记
让儿童进入阅读世界

徐 朴

　　素质教育一向是我国的教育方针，但现在差不多被应试教育淹没了。连许多搞教育的人，都因为急功近利忘了教育启迪心智、培养创造力的初衷。那么多好书很少会被送到青少年和儿童的手里，再加上影视快餐、电子游戏成了他们的唯一追求，其余时间一头扎入题海。题目越出越难，明明知道这些东西他们将来多半会忘得一干二净，还出得津津乐道。这是教育迷失了方向。你瞧，有的报纸杂志上还鼓吹如何抢跑道，如何入名校，得到名师的教导，得到应试的灵丹妙药，如何利用假期补课抢分。还更有甚者，介绍如何中学就到外国去

读，这是对自己的教育失去信心的表现。

出版界也受到了极大的压力，教辅读物一枝独秀，其他出版物都苦苦挣扎。许多家长望子成龙，推波助澜，可以推着车子去买教辅读物，却不耐烦给孩子挑选文学读物。殊不知，儿童文学名著都是一些想象力比较丰富的作品，能帮助儿童插上想象的翅膀，启迪他的创造力。开卷有益，开卷就能让他进入阅读世界。一旦孩子对阅读产生了兴趣，他的教育就再也不用担心了。他自己会去吸收无穷无尽的养分，智力大开。

我国有许多出版界的有识之士，依然锲而不舍在做着一些艰苦卓绝的工作，想把一些优秀的读物送到小朋友的手中。我也有幸做着这一工作，到了老年还孜孜不倦做着翻译儿童文学作品的工作。不是为了稿费，不是为了出名，只是希望小朋友一旦接触到它们，便会爱不释手，养成阅读的兴趣和习惯，冲淡一些急功近利的影响。在这个"老骥伏枥"的驱动下，退休之后还翻译了《汤姆·沙

耶》《哈利贝克·芬》《独闯非洲》《尼尔斯骑鹅旅行记》《秘密花园》等二十几部名著。我尽量让我的语言朴素生动、自然流畅，不让小朋友读起来有任何障碍。

北京少年儿童出版社请我翻译《稻草人和他的仆人》，我很高兴。这是一本不可多得的好作品，里边的稻草人天真善良，懂得不多，却什么都好奇，什么都想尝试，又过分自信，他自以为是鸟类的天敌，却对小鸟爱护有加，就是对一般的鸟只要他们受到虐待，也义不容辞出手相助。杰克虽说是他的仆人，但也是他最好的朋友，杰克挨饿的时候，他甚至让杰克吃自己的脑袋。他有时迷迷糊糊，有时绝顶聪明，总而言之是个单纯的孩子，小朋友一定会跟他贴得很近，一定会爱上他。至于杰克，他因为经历过战争的苦难，到处流浪又跟随稻草人四处冒险，所以很早熟，懂得很多，很善于待人接物。但他善良，明辨是非，对稻草人绝对忠诚，知道稻草人有时迷迷糊糊，但是又非常崇拜他

的乐观精神和见义勇为，以及不惜牺牲自己的品格。杰克绝不是老成持重的小大人，他的机智一定会让小朋友津津乐道。

这部作品幽默风趣，情节也非常生动，小朋友读起来一定会爱不释手。

作者菲利斯·普曼生于1946年，英国诺福克郡的诺里奇市。因为他父亲和继父都是军人，小时候很多时间都生活在船上，经常随父母出游世界各地。曾在牛津大学攻读文学专业，成为职业作家以前长期从事教学工作。他是一个故事大王，写过许多儿童作品，也获得过许多奖项。获奖的作品有《焰火匠的女儿》《时钟发条》《他的黑色材料》《琥珀小型望远镜》，其中《他的黑色材料》荣获卡内基奖。《稻草人和他的仆人》也曾荣获卡内基奖。